巴比伦 II

— 死亡 —

［日］**野崎惑** 著
王星星 译

台海出版社

◇ 千本櫻文庫 ◇

　　文库，原本是指收纳书物的仓库和书库，也指收纳书与记事簿，以及不常用物品的小箱子。以前者为例，京浜急行线的"金泽文库站"就是以前镰仓时代北条氏用来收藏汉书用的，"金泽文库"名字的由来便是如此。东京都的世田谷区也存在着收集着珍贵汉书的"静嘉堂文库"。后者则更多地被称为"手文库"。

　　江户时代以来，可以放入袖袂的小开本书籍逐渐流行起来，被称为"袖珍本"。明治三十六年（1903年），富山房发行了小开本的丛书，起名"袖珍名著文库"。随后，明治四十四年（1911年），讲述战国时代的猿飞佐助和雾隐才藏系列故事的讲谈社"立川文库"发行出版。讲谈是日本民间艺术，以口语化的方式讲述历史故事的形式。而"立川文库"则是将讲谈收录成册集中出版的丛书，据统计，当时刊行量为200册左右。从那时起，文库就脱离了原本的释意，逐渐演变成了现在的类书集丛。

　　文库说法借鉴了日本出版业界的传统说法。而千本樱源自日本奈良县吉野山樱花盛开的奇景，世人皆称"一目千本樱"来形容樱花美景。千本樱文库的纳入作品皆为日系作品，题材包括推理、悬疑、幻想、青春、文化等类型，正如千本樱满山盛开的绝景。

　　现代日本，以"文库"命名刊行的丛书系列有200种以上，所谓"文库本"只不过是统称而已。日本传统的"文库本"常用的是 A6 尺寸的 148mm×105mm，也叫"A6 判"。千本樱文库的所有书籍将在"文库本"的基础上提升，达到 148mm×210mm 的开本标准。追求还原的前提下，力图带给读者更清晰的阅读体验。

明治维新以来，日本文坛迎来了爆发期，涌现出了众多文豪级的作家。受到许许多多名作的影响，日本的出版社也从中受益，得到了突破性的发展。各家出版社为了传承文化、加强创新，纷纷设立了"文学新人奖"，用以发掘年轻作家。其中，老社角川书店在 21 世纪 90 年代初期设立了"电击小说大赏"，作为当今极具影响力的轻小说新人奖，每年都会吸引到数千件投稿。2009 年，"电击小说大奖"为了扩大受众群，专为成年人设立了"MediaWorks 文库奖"。

最初的"MediaWorks 文库奖"的作品是野崎惑创作的《映》，该系列也推出了多部作品。作者出道之时刚好是而立之年，他虽然是轻小说新人奖出身，写作风格却充满狂气。作品中的人物和剧情时常超出常理，完全超乎读者想象，素有"剧毒"之称。《映》系列完结以后，野崎惑转投日本最大的科幻作品出版社之一的"早川文库 JA"，推出其代表作《电子脑叶》，该作一举入围"第 34 届日本 SF 大奖"。野崎惑又写作了轻小说《你好，世界》，已被改编为动画电影。同期，另一部被动画化的科幻小说《巴比伦》受到更多瞩目，该作舞台设定在架空的近未来世界，是典型反乌托邦科幻。传统科幻作品中常见的道德、生命、自由的主题探讨，都在本作中有所表现。畅快的阅读快感之后，是直击灵魂的余味。

千本樱文库编辑部

千本樱文库

本格

《巫女馆的密室》
《圣女的毒杯》
《哲学家的密室》
《衣更月一族》

《美浓牛》
《少年检阅官》
《宛如碧风吹过》

日常

《推理要在早餐时》
《会错意的冬日》
《喜鹊的计谋》

《午夜零点的灰姑娘》
《谷中复古相机店的日常之谜》

科幻

《电子脑叶》
《复写》
《蒸汽歌剧》

《巴比伦》
《里世界郊游》

悬疑

《千年图书馆》
《鲁邦的女儿》
《狂乱连锁》
《神的标价》

《恶意的兔子》
《癌症消失的陷阱》
《沉默的声音》
《死之泉》

轻文芸

《戏言系列》
《忘却侦探系列》
《弹丸论破雾切》
《这个不可以报销》

《天久鹰央的事件病历表》
《吹响吧,上低音号!》
《宝石商人理查德的谜鉴定》

⊙ 登 场 人 物 介 绍

正崎善　东京地方检察厅特搜部检察官。

濑黑阳麻　法务事务次官。辅佐正崎工作。

守永泰孝　东京地方检察厅特搜部部长。正崎的上司。

野丸龙一郎　自明党原干事长。"新域构想"的主导人。

濑黑嘉文　法务事务次官。阳麻的叔叔。

半田有吉　恒日新闻社记者。正崎大学时代的朋友。

九字院偲　多摩警察署警部补。十分信任正崎。

文绪厚彦　检查事务官。正崎的助理,阳麻的上一任。

三户荷勉　DF（Digital Forensic）负责人。IT 技术方面的人才。

斋开化　新域域长。颁布了痛苦解除条例。

曲世爱　谜一样的女人。

新域／位于东京西部的独立自治体。

目录 CONTENTS

BABYLON I

"回特搜部待命，有事马上叫你。"

东京地方检察厅特搜部部长守永泰孝下达的命令十分简单。现在这个时候，他只能下达这样的指令，接收指令的正崎也非常理解。可即便如此，正崎还是无法欣然接受毫无效率的空洞的等待。

东京地方检察厅特搜部检察官正崎善离开了特搜部的办公室。

统一呈公务风气质的浅灰色走廊向前延伸，左右两边是排列有序的同色系房门。一间房门打开，走出一个检察官，走廊上同时还有其他检察事务官们来来往往。这是特搜部十分常见的光景，然而此时在这幕光景的细枝末节处，却隐隐浮动着某种微微可怕的异样氛围。

走出门外的检察官向前走了几步，突然停下脚步，思考了一会儿后又回到了办公室。从走廊另一边走过来的事务官踌躇着，转身往来时的方向走去。入眼可见的所有人都是如此，大家停下了本来要做的事，要去某个地方的人也回到了原来的位置上。面对平日里再熟悉不过的特搜部，显然员工们此时正感到困惑不解。

正崎行走在走廊上，斜睨着入眼的光景。只要还有事可做，正崎就比他们幸福，哪怕自己所做的事起到的作用微乎其微。

正崎打开沉重的金属门，走进一片水泥围起的空间。扣押品保管室的温度比其他地方稍低一些。他打开灯，穿过钢架和纸箱构成的丛林，走到房间最深处。

在灯光照不到的最里面的那面墙上还有一扇门，和保管室的大门一样，是冰冷的金属门。门上没有标识，看不出里面放的是什么。正崎从西装口袋里拿出钥匙，打开了门。

他走到里面，按开了墙边的开关，房间一下子亮起来。和外面的房间一样，这里也堆满了纸箱，没有任何装饰。不过，这里的纸箱和外面房间里的只有一点不同——上面没有贴所有扣押品都应该贴的明细标签。这就表示，这些东西并不是特搜部经由正常程序运回来的。

这个房间是特殊房间，专门保存不能放在扣押品保管室的东西。

正崎环视室内，估测纸箱的总量。所有的纸箱加在一起超过三百箱。这么大的量，一个检察官根本看不过来，但这不能成为不看的理由。他打开放在房间一角的折叠手推车。从把资料运回办公室开始，一切事情都得他亲力亲为。原本该做这些杂活的事务官，如今已经不在了。

手推车一次最多运六箱。正崎堆了六箱资料，开始往回运。

他把资料推回办公室。办公室里的电视没关，屏幕左侧的角落里显示着当前时间——四点五十七分。晚间新闻的主持人手拿讲话稿，面对镜头。

正崎边听着电视里传出的声音，边把纸箱卸到了地上。他抬起其中一箱放到桌上，粗暴地撕掉胡乱贴在上面的胶带，打开纸箱。看到

巴比伦
-死亡-

纸箱里的东西，正崎一下拉长了脸。

箱子里装着纸张、文件夹、钢笔、回形针、鼠标垫、胶带座，以及台式电话。所有东西都杂乱地堆在一起，显然是把办公桌上摆的东西一股脑扫了进来。

箱子里的东西是从新域域长斋开化的选举办公室里扣押下来的。

"他妈的。"

正崎爆了句粗口，放平纸箱，把里面的东西扒拉到了办公桌上。纸质文件全都是散的，文件夹里空空如也。钢笔、回形针、鼠标垫，一看就知道都是些没用的东西。

放在扣押品保管室里间的东西，是从和斋开化有关的地方急急忙忙带回来的。大部分物品都来自选举办公室，不过物品的主人都不见了，剩下的应该全是些不值得带走的东西。但其实，收集这些东西的并不是隶属地方检察厅的特搜部。

执行搜查任务的是守永指派的当地警员，走的也不是正规的搜查程序。守永乱用检方指挥权，多半是强迫性地给警方下达了搜查指令。他这么做也是无奈之举。如果这件事能够光明正大地讲出来，他尽可以交给自己手下的特搜部去办，就因为不能这样，他才交给了毫不知情的警察。

出于这个原因，那帮警察根本就不清楚自己要查的是什么。他们只知道要把东西都塞到纸箱里，所以装进去的全是些垃圾东西也就是必然的了。正崎把派不上用场的东西全部挑出来，看了看剩下的少量文件，却并没发现什么有用的信息。

他烦躁地把纸箱放到房间一角，接着打开了第二个箱子。

"现在为您播报首都圈 JR 旧普速线路的运行情况。"

主持人播报交通情况的声音传到正崎耳中，电视屏幕里显示出东京都内的铁路路线图。正常运行的区间是灰色，出现延迟的区间是黄色，进入停运期的区间是红色。

就在这时，一股突如其来的情感浪潮袭向正崎脑海：可以吗？这样做就够了吗？我不是还有更应该做的事吗？他感到焦躁，而焦躁是一种无益的感情。查阅物证是正崎现在唯一能做的事情，他只能做这个。读物是一切调查的基础，这一点正崎自己也告诉过文绪几十次了。

内线电话突然响了。

正崎意识回笼，匆忙抓起电话，可对面却不是他等候已久的守永。

"你在啊，正崎。"

电话是主任检察官久保田信行打来的。主任检察官是在特搜部正副部长之下的职位，对于普通检察官的正崎来说算是上级。

久保田信行在电话里谈到的内容，完全能说明事故现场有多么混乱。

电话那头，他用激动的语气对正崎说，这次的事件无疑应当归属特搜部调查处理，所以，特搜部现在绝不能袖手旁观。他要找守永当面谈判，希望正崎也跟着一起去。

正崎完全能够理解主任检察官的心情。

"特搜部行动不了。"他惭愧地回答说，"因为这件事，大家应该都已经收到了原地待命的指令。"

"之后会有动作？"

"应该是的。"

"我明白了。如果你知道了什么，也转告我一下。"久保田说。
正崎压下无法透露消息的焦躁和苦恼，答了声"好"。

这时，窗外传来微微的响动，声音越来越近，是警报声。车子在
祝田大道上飞奔，从检察厅前开了过去。那声音不是消防警报，而是
急救车。

"急救车来了，请让道！急救车来了！"

尖锐的警报声从外面传进来，自然也传到了电话那边主任检察官
的耳朵里。此起彼伏的警报声穿透正崎的左耳和贴着话筒的右耳，就
像二重唱一样。

"目前已知的死亡人数，"片刻的沉默过后，久保田再度开口，
"两百三十七人。"

电视里的铁路路线图已有百分之八十的区间染上了红色。

七月二日，下午五点。

距离斋开化发表宣言过去了约有二十四小时。

日本全国已有两百三十七名自杀者确认死亡。

同一天，下午六点四十五分。

赤坂一家酒店的会议室里正在召开紧急会议。

"受斋开化声明的影响，选择自杀的人目前仍在持续增加。"

三十岁上下的年轻政治秘书正在朗读报告，正崎靠在墙边听着。会议室里不超过四十岁的人就只有那名秘书和正崎两个人，剩下的估计年龄得翻一倍，都是正崎的"老前辈"。

椭圆形的会议桌边围了一圈椅子，坐在上面的是一群六十多岁、西装革履的男人。正崎不动声色地转动眼睛，目光扫过在场每个人的脸：黎明制药公司董事长金江，敷岛建筑公司董事长官藤，东京地方检察厅特搜部部长守永，法务事务次官濑黑，国土交通省副大臣城座木，厚生劳动省大臣宗方，以及自明党原干事长野丸龙一郎。

不大的会议室里，"非公开新域构想"的核心人物齐聚一室。

"自杀者可分为两类。"年轻的秘书继续读报告，"一类是明显受到声明影响的人，他们在进入新域范围后自主结束了生命。这些人认为自己已经到了新域，可以自杀了，随即付出了实际行动。我们在一些县、市的边缘地区还发现了其他企图自杀的人。"

秘书的声音微微紧张。只是面对听报告的这些人就足以让他承受巨大压力了，而汇报的内容又是那么难以说出口。

"还有一类是分散在全国各地的偶发性自杀。自杀方式很多，包括服毒、跳河、卧轨、撞车等。现在，以首都圈为首，全国的铁路交通都出现了延误情况，可能与自杀有关……"

"还有别的吗？"

厚生劳动省大臣宗方不耐烦地问。年轻的秘书一时语塞，会议室里气氛凝重，说什么都得小心翼翼。

"斋开化那边怎么样了？"

向正崎发问的是守永部长。正崎上前一步，走近会议桌，取代噤若寒蝉的秘书，继续汇报情况。

"目前还没发现斋开化及其跟随者的下落。"

正崎坦然地说出了同样意义不大的内容。

"新域政府办公大楼的大型 LED 屏上显示的影像，是利用网络转播上去的，斋开化本人不在大楼里。现场应该有几个斋开化的同伙，骚乱发生的时候，他们趁乱逃走了。昨天现场发现的……"正崎咽下涌上喉头的感情，接着说，"只有六十四具遗体，都是主动跳楼自杀的人。"

在场的所有人嘴里发出叹息。

"就像狂热的宗教信徒一样……"厚生劳动省大臣低声说。

"本来就是吧。"副大臣城座木接过了话头，"斋开化公然宣称人享有解除痛苦的权利。在他的疯狂煽动下，跳楼的那帮人就成了唯他是从的宗教信徒……"

"这样就真的可以解释一切了吗？"

说话的是法务事务次官濑黑。法务事务次官濑黑嘉文，是法务省事务部门一把手，年纪五十上下，算是相对比较年轻的参会者。

"濑黑，你的意思是？"

"我想说，斋开化的想法，难道是仅用'疯狂'一词就能概括的吗？"濑黑神情冷硬，他接着说，"打个比方，社会上现在还在踊跃讨论安乐死是否合情合理，老龄化严重的问题亟待解决也是不争的事实。斋开化的宣言不能说对，但它至少会在市民中引起热议，有人受到影响也是可以理解的。"

"两百多人自杀身亡，你说可以理解？"厚生劳动大臣愤然反问。

"此前，日本平均每天都会有六十人自杀。"濑黑次官压抑着感情说道，"只是现在增长到了四倍，如果把他们都定性为不长脑子的狂热信徒，这件事可能就会发展到超乎想象的程度。"

厚生劳动大臣在濑黑次官冷静得近乎诡异的分析面前败下阵来，一边旁听的正崎也感到惊讶。当在场所有人都感到困惑和焦躁的时候，还能有如此远见，实在让人心生敬佩，更何况在场的人几乎都比濑黑的职级高，他能直率地陈述自己的意见，确实了不起。

"咚"的一声，有人敲响了桌子。发出的声音不大，但所有人都自觉看向了同一个地方。

"斋开化发言的内容不是核心。"敲响桌子的人——野丸龙一郎缓缓说道，"最重要的一点是，发表声明的这个人脱离了我们的掌控。"

野丸看向守永。

"守永，特搜部和警察能抓住下落不明的斋开化吗？"

"得看对方怎么行动了……不过，我们必须实施抓捕行动。"

守永窥探般看向正崎。正崎没有点头，闭上眼睛权当回应。

"不过，野丸先生，"守永回问野丸，"如果我们把斋开化带回来了，接下来又该怎么做呢？"

野丸面色沉重地回答说：

"这大概也取决于斋开化。"

正崎皱起眉头，似乎听到了野丸没有说完的话。

或使其生，或使其死。

这正是斋开化对世界的追问。

会议不到二十分钟就结束了，所有人都想尽早回到自己的岗位上。会议室里的人越来越少，正崎还在角落里和守永商量特搜部接下来的行动。一旁有个声音插了进来：

"守永。"

出声的是法务事务次官濑黑，正崎摆正了自己的姿势。法务省事务部门的领头人，对身为普通检察官的正崎来说，是高不可攀的人。

"你待会儿来一下。"

法务事务次官濑黑说。

正崎跟在守永身后，行走在法务省的走廊上。法务省和正崎平时待的检察厅在同一栋大楼里，不过在这栋高二十层，又分为了ABC三个独栋楼的联合办公楼里，正崎很少特意去别的机构走动，法务事务次官室更是一次都没去过。

守永敲响房门，里面传出应答声。两人走进去的时候，濑黑正在接内线电话，他边听电话，边朝沙发的方向做了个手势。守永和正崎坐到沙发上，等濑黑打完电话。

"拜托您了，行，就这么办。"濑黑对电话那端的人说话很客气。正崎推测，电话对面的人职位应该高过濑黑，由此看来，大概是检察长或副检察长之类的人。

普通省厅里，事务次官的官阶最高，再往上就只有大臣、副大臣、大臣政务官等政治职位，但内设检察厅的法务省与其他省厅不同，它有一套独有的组织结构。

级别最高的是大臣，最高检察长、最高副检察长、检察长等检方高官次之，再往下才是法务事务次官。换言之，法务省的法务事务次官不是最高长官，它只是最高检察长往下的官阶序列之一而已。这个职位是事务部门的一把手，同时也是检察厅里的中层管理，具有特殊性。

鉴于这样的架构，法务事务官不是从国家公务员，而是从检察官中间遴选的，这已经成了普遍的惯例。也就是说，濑黑事务官和守永、正崎一样，也是检察官出身。

"对了，还有一件事要拜托您。请您往警察厅也派一些人吧，现在人手不够。"

濑黑说完，挂断了电话。从他说的最后一句话来看，对方似乎不是检察官，而是法务大臣。这么看来，濑黑的语气客气是客气，可听起来却更像是在借此挖苦对方，正崎想。

"乱七八糟的。"

濑黑说着绕过桌子，坐在了守永和正崎对面。他眉头紧皱，蹙了个冷峻的"八"字。正崎在心里暗暗评估起这个几乎没什么交集的检察官老前辈来。

只从岁数上看，濑黑和守永应该差不多大，只是和满头白发的守永比起来，一头黑发的濑黑看起来至少年轻十岁。濑黑鼻下的几点胡须也是黑的，他把外表打理得一丝不苟，由此看来，他所处的环境和在一线磨炼起来的守永完全不同。

"特搜部那边怎么样了。"

濑黑语气熟稔地询问守永。正崎不清楚他和守永之间是什么关系，不过从他的语气来看，两人之间似乎远远超越了上下级的关系。

"都说了要我抓人。"守永以同样熟稔的语气说，"总之就先试试吧。"

"野丸说得也是轻巧，他错把你们当成警察了吧。"

"我们有指挥权和搜查权，也不能说他弄错了。"守永讽刺地笑了，"我们能无所顾忌地调动这些权力，他也省了很多麻烦。"

"还有你。"濑黑看向正崎，"听说你也牵扯进了这件事。"

正崎毫不掩饰地皱起眉头。

濑黑指的，大概就是"非公开新域构想"了。正崎确实是自己决定趟这浑水的，濑黑没有说错，但哪怕他说的是事实，听到"牵扯"这个字眼，正崎还是难免感到不快。

"我说错了？"看到正崎的脸色，濑黑露出讶异的表情。

"没有。我只是讨厌听人这样说而已。"

濑黑不解地看向守永。

"这是特搜部的一把利剑。"守永苦笑着说，"没带鞘。"

"那就不好收进怀里了啊。"

濑黑也苦笑着回道。正崎依然绷着脸，向面前的检察老前辈介绍自己的名字和职务。

"你做检察官有十年了啊！"

"是的，在特搜部待了两年。"

"嗯。"濑黑点点头，"我想听听你的看法。"

濑黑定眼瞧着正崎问："你觉得我们能逮捕斋开化吗？"

正崎迷惑了一瞬，不过下一个瞬间，他很快理解了濑黑的意思。

这个问题太难了，实在不好回答。

"我不确定。"

"是吧？"

濑黑又一次皱起眉，挠了挠头。正崎感到困惑，濑黑究竟是在试探自己，还是说，他真的只是单纯想询问自己的看法？在正崎看来，两者兼而有之。

"如你所知，新域构想是个非常庞大的计划。"濑黑叹息着说，"我们在两百万人口和六百平方公里土地的基础上构建起了商业、工业、学术以及其他一切领域的发展计划。不用说你也知道，每一个计划都非常重要，所以我们的规划和铺垫做得再多都不为过。不过，新域本身的核心目的不在于商业、工业、学术，它有另一个最重要的目的。"

濑黑直盯盯地看着正崎，像是在确认他究竟是不是知情的内部人员。正崎给出了濑黑想要的回答。

"国家的试验基地。"

濑黑"嗯"了一声，点了点头。

"新域就是新法律的试运行区域，是国内不容易推行的先驱法制的试验场。建设新域的第一要义不是发展工商业或学术研究，而是探索法制运用，为此，我们投入了最大的人力。换言之，新域最坚韧牢固，最强大的武器，是法律和制度，也就是法制。"

濑黑又一次叹了口气，这已经是他不知道第几次叹气了。

"这种恐怖的力量，现在已经被斋开化握在了手中。"

正崎也皱起眉头。

"斋开化是新域域长，他可以在新域颁布新的法令，这正是我们这些新域构想相关人员预想过的、新域最能发挥力量的地方。击溃最开始的这个构想没那么容易。现在局势复杂，不是说警察把斋开化抓住了，事情就了结了那么简单。我们还必须探讨斋开化的所作所为究竟有没有违法。"

守永神情复杂地哀叹了一声，正崎的脸色也肉眼可见地阴沉下来。他想起了濑黑先前的问题，大脑更为清晰地理解了他话里的意思。

"斋开化的所作所为是违法的吗？"

"能依照现有法律逮捕斋开化吗？"

"想挑战斋开化，就必须挑战'法律'。我们碰上了最棘手的敌人啊。"法务事务次官兼法律专家的濑黑嘟囔着说。正崎的看法和他完全一致。

"找你们来就是想谈这件事。为了今后的下一步行动，我希望法务省和检察厅可以统一步调。"

"这种事最好和最高检察长商量一下吧？"守永说。

"我直接找你们谈更快，也省去了很多麻烦。我们达成一致后再往上汇报也没有关系。"濑黑看着守永和正崎，开门见山地问："你们是怎么想的？斋开化做的那些事违法了吗？"

濑黑有意说得笼统。正崎细细咀嚼拆解着濑黑的言辞。"那些事"语焉不详，其中最重大的一件就是——

斋开化宣布的新法。

"认同人解除痛苦的权利。"

这是关于死的权利，死亡的权利，它使每个人可以根据个人意志自由选择死亡。当下，这是被绝大多数人类否定的忌讳行为。斋开化宣称要把它纳入法律的范围之内，正式予以承认。这是一切混乱的开端。

"不得不说，现有的日本法律很难把斋开化的行为定义为违法行为。"正崎谈起自己在短时间内能够思考到的所有分析，"要问责'认同痛苦解除条例的违法性'，首先得解决其根本问题。那就是，'自杀是否违法'。"

"现行法律里没有惩处自杀行为的法条。"濑黑回答道，"自杀不是违法，也不是犯罪。

濑黑道出了令人沮丧的事实，正崎也随之皱眉。

"这个事情自然归属到第二百零二条吧……"

一旁的守永说了个数字。濑黑和守永当然都了解这个数字的意义。

《刑法》第二百零二条。

自杀参与罪、同意杀人罪。

"第二百零二条规定所适用的情况有四种。"正崎解释道，"教唆自杀罪、辅助自杀罪、嘱托杀人罪、同意杀人罪。"

他一边列举罪名，一边回忆出了各项罪名的定义和判例。

教唆自杀罪，即教唆无意自杀的人实施自杀。

辅助自杀罪，即帮助有意自杀的人实施自杀。

嘱托杀人罪，即受到当事者的嘱托，遵照嘱托将当事人杀害。

同意杀人罪，即在取得当事者的同意后，将当事人杀害。

这些违法行为可以获得相应的减刑，一般会判处六个月以上，七年以下的有期徒刑。

"此前的所有自杀事件里，"濑黑边说边拿过桌上的烟灰缸，"能够判定与斋开化有关的，就是发生在新域政府办公大楼楼顶的跳楼事件了吧，是多少人来着？"

"六十四人。"

正崎报告说。濑黑点燃烟，叹息着吐出一口烟圈。

"第二百零二条适用集体跳楼事件吗？"

"嘱托杀人和同意杀人肯定靠不上。"正崎思考着说，"那些人是自己跳下去的，没人推他们下去。能沾上关系的大概就是教唆杀人或者辅助杀人了……"

他重温着手头已有的信息。过去的二十四小时里，正崎已经从当地警署那里拿到了一些调查资料。

"事故发生时，其他人无法进入新域政府办公大楼的顶层庭园。庭园入口从外面上了锁。"

"外面？楼顶能从外面上锁？"

正崎点点头。修建在新域政府办公大楼七座塔楼顶上的庭园"阿米提斯"，是一座四面环绕着玻璃墙的高层公园，各个入口安装的也都是强化玻璃材质的大门，里外都可以上锁。

"门钥匙呢？"

"警察发现钥匙在六十四名自杀者的其中一人手上。楼梯通往楼顶的应急门也上了锁，从里面打不开，电梯被人为停运。总之，外面的人很难进入楼顶。"

"可是，既然是应急门，怎么会安锁呢……"濑黑疑惑地歪歪头。

"很可疑。"正崎断言道，"我的结论是，新域政府办公大楼可能就是为了辅助自杀者实施自杀而修建的建筑。"

濑黑与守永同时皱起眉。这样的推断并非毫无道理。正崎的假想过分离奇、虚幻，但他自己却强烈地预感到这可能就是事实。他想起了新域政府办公大楼的结构图。

图里的那个"空洞"。

巨大的天井贯通楼群中央，垂直下陷到地底深处。正崎深信，这个天井就是为了让人在下落时不被任何障碍物阻碍而设置的。

然而，即便他如此深信——

"我们很难拿出有力证据。"正崎极其冷静地说，"很难证明办公大楼的结构是为辅助他人自杀而设计的。更为顺理成章的看法是，大楼碰巧是这样的结构，然后碰巧给自杀者提供了便利。"

"从给钥匙的人身上入手呢？"守永问。

"除非我们能证明那个人是故意把钥匙给了有自杀想法的人。"

守永面露难色，他知道，对方很容易就能找个由头搪塞过去。真正了解事实的只有给钥匙的人和拿钥匙的人，而其中一人已经死了。

"斋开化刚发表完宣言，就有六十个人从大楼上跳了下去。都这么明显了，还是无法构成任何证据。"守永神情苦涩地低声说，"法律是多么不近人情啊。"

"只能证明这是教唆杀人了。"濑黑说，"可……"

三人脑海中浮现出同一幅画面。

发生在二十多个小时前的一场悲剧。聚集在空中庭园的自杀者们。

那些人跳楼前，脸上满是喜悦的神情。

"他们的神情看不出半点强迫。"濑黑说，"每个人似乎都自愿且乐于选择死亡……"

"那就是教唆。"正崎强硬地说，"教唆自杀，就是'教唆无意自杀的人，使其自主决定自杀'。如果死的人不是出于自愿，而是被逼致死的话，那就变成杀人罪了。教唆他人有多种多样的方法，包括直接命令他人去死，只要这个命令不具有强制性，它就属于教唆。与他人谈心，请求他人去死；陈述死亡的美妙，诱导他人去死，这些统统都是教唆自杀。"

濑黑沉吟一声，陷入了思考。

"你是说，跳楼的那六十四个人原本没有自杀的意图，但在斋开化的教唆下，他们有了自杀的想法……"

"就是这样。教唆自杀罪是我们最有可能证实的罪名。"

守永也陷入了思考。"有道理……只要有了证实教唆行为确实存在的证据，我们就能起诉斋开化。"

"如果斋开化只是口头教唆他人，我们很难取证。要是能找到邮件、文件之类的东西，我们就可以据此立案。得找到斋开化教唆那六十四名自杀者的具体证据。"

说到这里，正崎想起了一个令他不喜的人。

他不知道究竟是什么能让六十四个人自杀身亡。那些自杀者受到了什么样的教唆，现在依然不得而知。不过只看其中一个自杀者的话，正崎已经抓住了答案的端倪。

坠楼的事务官，奥田。

驱使奥田自杀的人。

那个女人。

"嫌疑一旦坐实，我们可以公开通缉斋开化吗……"守永抬头看着正崎，"能找到他吗？"

"一直搜查下去，总能找到些什么，不过为了节约时间，我们需要更多人手，专业的调查人员越多越好。"

"是从特搜部，还是从警署调人？"

"如果可以的话，最好从两边都抽调些人手过来。"

说到这里，正崎突然回神看向濑黑，他想起了刚进门时发生的事。

当时濑黑在打电话，找警察厅打探是否可以提供援助。

"这两三天内应该会派增援过来。"

濑黑平静地说。正崎在心中感叹，濑黑的行动比自己快了太多步。

"情况紧急，人数少的话，随便找几个理由搪塞过去就行。正崎，你就多费心吧。我们会成立一个针对斋开化的专项调查小组。"

正崎重重点头。

搜查方针已经定好了，接下来就看实际行动了。

"濑黑这个人相当了不得。"

回特搜部的途中，守永开口说道。

"您和他认识了很长时间吗？"

"我们是同一届的司法实习生。"

正崎明白了。对检察官来说，同一届司法实习生就像学生时代的朋友一样，在某种意义上，彼此之间的关系是十分特别的。正崎那个年代，同一届的司法实习生大概有两千多人，而在守永那个年代，只有五百人左右。不难想象，后者彼此之间应该更加亲近。

"至于你的调查小组，"守永换了话题，"我们会先给你配一名事务官，这是肯定的。不过这个时候，从特搜部里抽调其他检察官估计不太好办。"

守永所说的在正崎的预料之中。东京地方检察厅特别搜查部的检察官加起来不到五十人，更何况现在还不到特搜部可以公然行动的时候。正如他们先前和濑黑次官谈到的那样，目前斋开化的具体罪状都还没有落实。

"我们可以向当地辖区请求支援，不过太多检察官掺和进来也不是办法，还是得以警察为主力。从警视厅的刑警部里调一个管理人，下设两个小组怎么样？"

正崎在脑海里计算起人数来。一个小组的人数在十人上下，那两个小组就是二十人左右。

"可以再加一倍。"

"说得倒简单。你先定好要从哪里调人。"

这时，正崎怀里的手机振动起来。他拿出手机，看了看屏幕上的来电显示。

"我二十分钟后到。"

正崎作别守永，走向电梯口。

正崎走过检察厅附近的天桥，进了联合办公大楼正对面的日比谷公园。时间是晚九点，公园里人迹寥寥。

他走过带游乐设施的广场边缘，绕过小音乐堂，从公园横穿而过，接着走上日比谷大道，朝右边拐了个弯，一个地下入口出现在眼前，里面是设置在公园正下方的日比谷二十四小时停车场。

正崎走下楼梯，眼前是一片开阔的停车区，宽度超五十米的道路两侧排列着漆成白色或绿色的柱子。包括两轮车在内，这里可以同时容纳四百七十辆车，是东京都内屈指可数的大型停车场。现在已是深夜，停在里面的车稀稀拉拉。

走到停车场中央时，一辆车闪起了车灯。正崎绕到车边，打开了副驾的车门。

"来了。"

恒日报社记者半田有吉简短地打了个招呼，正崎也简单点点头以示回应。两人是十年的老友，无须多言，况且他们都非常清楚，现在并不是你一句我一句问候彼此的时候。

正崎坐到副驾上。半田正盯着仪表盘上的车载电视，里面在播放晚九点开始的新闻节目。新闻里报道的是什么，两人想都不用想就知道。

"报社那边怎么样了。"

正崎询问三十小时前分开的老友。斋开化发表视频宣言时，两人就在现场，之后立马就分开了，回到了各自的岗位。

半田"嗯"了一声，朝正崎递过报纸。报纸很薄，是恒日新闻社的号外刊。正崎看向用大号字体印刷的标题，与整个版面相得益彰的冲击性新闻映入眼底。

制定痛苦解除条例

新域内施行　全国史无前例

自杀者或超八十人

报纸的日期印着七月一日，应该是在斋开化发表宣言的当晚印发的。从刊载的自杀人数较少这一点来看，新闻应该是赶在事件发生后立刻撰写出来的。

"随着时间的推移，自杀人数还在持续增长。"半田补充道，"我们报社全国各地的社员都在到处奔走，单是确认死亡人数都要耗费很长时间，还要弄清每桩自杀案件的实情，就更是忙得晕头转向了。"

"这个时候你来这种地方，没问题吗？"

"我当然也得马上回去。"半田把手伸进车门下边的储物槽里，拿出一根四色圆珠笔。

"最新的消息肯定在你这里嘛。"半田用既是朋友又是记者的语气说。

一般情况下，特搜部的检察官不能与报社记者私下接触。特搜部处理的事件大多要求保密，因为消息一旦泄露，就可能发生嫌疑人逃亡或证据遭到销毁之类的事情。因此，特搜部和媒体约定，只有部长守永和他之下的副部长才能够接受记者采访，而打破了这项约定的记者将被禁止出入特搜部的采访记者俱乐部。半田虽然原本就不是司法记者俱乐部的成员，但若他与特搜部的检察官私下接触，同样也会被追责。

所以，正崎是以朋友的身份与半田会面的。当然，这只是表象。出于调查的需求，正崎要找半田了解情况，有时还会拜托半田写新闻报道。半田也一样，他会协助正崎收集消息，同时也从正崎那里获取消息。两人身处各自的立场，彼此之间存在互惠互利的关系。而比这层关系更加深厚的，是十年间建立起来的，朋友之间的深厚信赖。

双方不会做任何一方不期望发生的事。

正因为有这样不可动摇的一致认识，正崎才能对半田开诚布公。

"对方先发制人了。"正崎冷静地分析道，"从法律角度判定斋开化的行为如何还需要不少时间，最大的问题是，'非公开新域构想'让我们处处掣肘。我们也不是完全没有准备，可新域构想太过面面俱到，剥夺了我们应对紧急情况时灵活处理的可能性。"

"斋开化投下的炸弹威力太大了吧？"

"斋开化的宣言一出，新域构想的核心人物一时都无可奈何。思考一旦阻滞，行动也会束手束脚。斋开化的言论在没有严加管控的情况下直接流向了媒体和网络，局势已经完全脱离了控制。"

车载电视里还在播放新闻节目，主持人神情严肃地指着图示，各方对于斋开化的言论热议不断。这已经不是"非公开新域构想"所描绘的那个世界了。

"半田，"正崎盯着电视问，"你怎么看？"

他在寻求半田的意见。正崎希望跳开东京地方检察厅特别搜查部检察官的立场，寻求更加贴近普通人视角的记者的看法。

"反对的声音占大多数。"半田从事实开始论述，"因为这违反了大家一直以来的固有认识。有人会下意识地拒绝接受，有人稍微想想，还是会拒绝接受，大多数市民都会理所当然地表示反对。"

"不过……"半田话音一转，"网络和电视上还是出现了少数赞成派。"

半田从身边的包里拿出平板电脑，鼓捣了一番。一旁的正崎斜睨过去，屏幕上是一家有名的门户网站的界面。

半田点击屏幕跳转到"意向调查"，上面排列着好几个问题，关于新法的问题最醒目，被放在页面最上方。

【调查中】你如何看待新域的痛苦解除条例？

问题问得直截了当。半田点击问题下方的"不投票，直接查看结果"，屏幕上出现了一个条形图。总投票人数达二百七十八万，比其他问题的投票人数多出整整两位。回答共分三个选项。

支持	94535 票	3.4%
不支持	2330024 票	83.8%
不好说	355900 票	12.8%

"九万人？"正崎惊异地哀叹一声，这个人数远远超出了他的想象。

"不是真的有九万四千人支持这项法律。"半田补充道，"只要知道怎么投票，同一个人就可以无限制地投。尽管结果没那么精确，但不可否认的是，这个百分比可以当作一个参考指标。"

正崎从旁伸出手，上下拉动界面。问题下方的留言超过了一万条，屏幕上显示的是最近的十条评论，网民们用词激烈，争论得不可开交。

"网上的言论过激了。电视上的评论还算小心克制，但网上可以匿名发言，以至于出现了很多激烈的意见，网络信息的传播速度又很快。"

半田切到另一个标签页上，打开了一个新页面。出现在屏幕上的是一篇博客文章，里面总结了网络上收集来的各种信息。

正崎从半田手里接过平板，从上至下浏览起文章的内容。文章写的是世界各国对待自杀的态度，其中关于安乐死、尊严死、辅助自杀的介绍尤为详细。

所谓安乐死，就是让人在没有痛苦的情况下死亡，它主要是对没有治愈希望的病症晚期患者实施的一种末期医疗手段。

根据实施方式的不同，安乐死大致可分为"积极型安乐死"与"消极型安乐死"两种。积极型安乐死是指利用可致死的药物等手段，使患者死亡。消极型死亡是指放弃或中止救治必须实施延命治疗方可继续存活的患者，使患者自然走向死亡。两种方式都是在患者本人同意的情况下施行的，从这一点来看，它们都属于自杀，而实施安乐死的医护人员为患者自杀提供了辅助。对待这两种安乐死，不同国家都有不同的司法处置。

首先是"消极型安乐死"。作为末期医疗手段之一，它已在世界各国得到推行，很多国家都制定了与之相关的法律，明确划定了"消极型安乐死"的适用范围，比如 A 国的所有州、I 国、F 国、G 国等。日本社会也出现了要求制定相关法律的声音，不过，这样的讨论遭到了律师协会的反对，"消极型安乐死"至今尚未在日本拥有合法地位。

与之相对，认可"积极型安乐死"的国家屈指可数。

H 国曾通过了《安乐死法案》，其邻国 BL 国与 L 国随后也通过了《安乐死法案》。至此，积极型安乐死在这三国获得了合法地位。不过，早在 20 世纪 80 年代，H 国的检察官就和医师协会之间就缔结了协议，约定"对于满足一定条件后实施的积极型安乐死，不对医生提起诉讼"。在积极型安乐死真正合法化的二十多年前，H 国已经在实施安乐死手段了。

A 国的几个州赋予了积极型安乐死合法地位。其中一个州法律规定，可实施安乐死的条件包括"有两名医生宣布患者剩下的生命不到六个月""患者本人具备选择'死亡权利'的能力""患者口头上主动提出两次安乐死请求"。满足了这些条件，医生就能根据诊断为患者实施安乐死。

走在安乐死的法制建设最前列的是 R 国。

R 国早年就制定了允许协助安乐死的法律。该法律的适用范围比其他国家更为广泛，除了病症晚期患者之外，只要通过了医生的审查，无好转希望的慢性疾病患者也能够接受安乐死。

最令人讶异的是，R 国的此项法律不仅适用于本国国民，同时还适用于外国人。因此，一些无法在自己国家选择安乐死的外国人，就会前去 R 国寻求自杀辅助。

R 国甚至还有帮助他人实施自杀的团体组织。

意为"出口"的团体"Exit"，主要对住在 R 国境内的人提供自杀辅助。以"尊严"命名的团体"Dignitas"，则对国外需要自杀援助的人提供协助。除了这两个团体之外，R 国还有几个实施自杀辅助的非营利性组织。在 R 国，接受帮助自杀的概念普及甚广。

2011 年，R 国某州举行了一场州民投票，征求大家对"禁止辅助他人自杀"的意见。

结果显示，百分之八十五的投票者都投出了反对票，禁止议案被否决。

"日本人在这方面就不行。"半田语带讽刺地说，"你总是这样，一听到'国外'的事，就毫不吝惜地表示肯定。你的心情我也不是不理解……这个世界上要是只有日本推出了痛苦解除条例，所有人都会大受冲击，可现在已经有其他国家做过类似的事了，大家一下子就不觉得那么震惊了。"

"可已有的这些说到底都是有关安乐死的法律。"正崎递回平板，开口说，"新域颁布的条例明显已经越过了这道边界。"

半田也认同地点点头。

在跳楼事件发生后，斋开化制定的域法条文被即刻上传到了网上，所有人都能公开浏览。

条文里没有记载任何具体的实施条件，没有条件则意味着不受限制。依据这项法律，六十四人从新域大楼上跳楼身亡。这些人的身份尚未完全摸清，可不管怎么样，总不可能所有人都是重病晚期患者。自杀者也不全是老年人，甚至还有被母亲抱在怀里的婴儿。

一群身体健康的人行使了无条件死亡的权利。

新域对自杀的准许范畴远远超出了 R 国，走在了世界的最"前列"。

"正因为如此，支持率才停留在百分之三。"

"你是说，支持率之后还会上涨？"

"可能性不低，要看斋开化的下一步行动是什么。"

"下一步……"

"肯定不是发表个宣言就完了。"半田说，"斋开化现在还是新域的域长，他主动选择了隐藏行踪。估计要不了多久，他就会有下一步的行动了。"

半田说着，看向正崎的眼睛。没有说出口的疑问从半田的眼神里传递出来：你有斋开化下一步行动的线索吗？检察厅掌握了什么信息吗？

正崎无言地摇头。半田叹了口气，看来他这边也没有什么有用的信息可以提供给正崎。正崎告诉半田，有消息了再联络，随即下了车。

他突然间想起了一件事，伸手敲了敲车窗。正盯着平板的半田摇下车窗。

"刚才那个投票，"正崎指了指平板，"你选哪个？"

半田的目光落回到屏幕上。

微微思索片刻，半田点击屏幕，投出了自己的一票。

巴 比 伦
-死亡-

"不好说"　　355913 票　12.8%

站台上的时钟指向十一点。

正崎穿过检票口，走上楼梯，从东京地铁丸之内线的本乡三丁目站出口走了出来。他的脚步十分沉重。往前再走五分钟就能到家，可正崎太累了，他甚至都想拦一辆出租车坐回家。走到最近的车站，他紧绷的神经才略微放松下来。

就算回了家，正崎也无法安然入睡。现在回去只是为了收拾些换洗衣物而已，在家待不了多久。正崎勉力迈着步子，行走在距离极近的回家路上，此时距离跳楼自杀事件发生已过去了大约三十小时。

他凹陷的双眼无神地看着夜晚的街道。

夹在东京大学与东京巨蛋之间的城市一角，深夜时分依然车来人往。大学生、上班族们三三两两地走进拉面店之类的深夜营业餐厅，夜晚的景致和平时一般无二，似乎并未受到斋开化宣言的丝毫影响。

一瞬间，正崎脑海里闪过一种错觉，仿佛之前发生的一切都是场梦。

他的眼皮重得抬不起来，好像只要闭上一秒就能马上睡着。而等再睁开眼时，这个梦或许就能结束。什么都没有消失，什么都没有开始，世界一如从前。

"死了。"

正崎睁大眼，飞奔向声音传来的方向。只见两个学生模样的人站在餐厅门前摆弄手机，嘴里不断念叨着"勇士怎么样了"，应该是在谈论游戏之类的话题。

正崎被拉回到现实里，急匆匆地赶路回家。

"像平时那样准备可以吗？"

人美的声音从里间传来，她在为正崎准备外宿的换洗衣物。正崎在起居室收拾电脑用的小配件，边收拾边回了句"多准备点"。

电视里播放着二十三点开始的新闻节目。

内容自然是关于新域及一连串事件的报道，中间夹杂着律师等评论员们就痛苦解除条例展开的解说和探讨，切入视角和刚刚半田给正崎看的博客文章又不一样。

一段视频放完，主持人的身影出现在屏幕上。主持人四十岁上下，是夜间新闻节目的固定班底，他中气十足的语调明确地显露出对于新闻报道的热情。像是为了配合他的热情一样，这档节目常常会报道很多冲击性强的新闻事件。

报道重大事件的主持人铆足了劲儿，精神更甚往日，他竖起一块画着示意图表的标牌，上面是分条撰写的内容，每一项都配上了引人注目的标题。

《痛苦解除条例的益处》

"接下来，我们将一一探讨这些条目。"

主持人指向最上面的一条。

1. 从疾病中解脱

"首先是这一条。"

主持人抛出话题，三位评论员中的其中一位开始陈述自己的见解。屏幕上打出了"医师"头衔。

"这种说的应该是到了病症晚期，为了从病痛中解脱出来而选择安乐死的情况。大家都理解这样做的好处，但是新域的条例并不是仅针对病症晚期患者的，所以此处'痛苦'的定义应该更加广泛。"

"也就是说，其他类型的'痛苦'也会成为自杀的理由？"

"当一个人承受不了社会的重压、精神上的苦闷时，他可以自杀，因为他有解除痛苦的权利。"

"这真的算那个条例的益处吗？"

"从普通旁观者的角度看应该是有弊的，不过对倍受煎熬的当事人来说，有可能就是有益的。"

主持人连声应和着点头，目光落回到标牌上。晚间新闻不是探讨型栏目，不会专门为展开深度探讨而花费时间，议题很快转到了下一条上。

2. 扩大权利（选择）

"对于这一点，您有什么看法呢？"

主持人把问题抛给了另一个评论员。

"它的意义就如字面所言。"男人开口说话的同时，屏幕上出现了"律师"字样，"现在，人类理所当然地享有生存的权利，但死亡的权利则没有得到承认，又或是没有得到公开的认同。如今，任何一个人有轻生的想法，这个人都会受到阻止，得不到外界的准许。"

"这好像没什么可质疑的。"

"嗯，可是新域的域法就公开表明这一切并不是理所应当的，它认同人拥有解除痛苦的权利。"

"让一个人拥有更多选择，这是条例的益处吗？"

"我不确定，目前一切尚无定论。"

律师的话透露出一股谨慎。作为和正崎一样的专业人士，他还无法给出明确的意见。

"不过，选择增多本身并不是坏事。只要没有侵害他人的权利，一个人可以做出不讨喜的选择，这就是权利的本质。"

律师做了总结发言，主持人似听非听，已再次转身面向标牌。节目是直播，节奏非常紧凑。主持人指向了最后一条。

3. 缓解老龄化

"第三条是缓解老龄化。"主持人看向第三位评论员。

"这是最容易理解的一条好处了吧?"

接过话头的是一名年轻的经济评论家。

"如今的日本已迎来生育率低、老龄化程度高的时代。20 世纪 50 年代,育龄群体与老龄化群体的比例是十二比一,到 2010 年,这个比例变成了二点八比一。每二点八个年轻人就要赡养一名老人,年轻群体背负着非常沉重的负担。"

"也就是说,老人就算身体健康,也还是早点死了更好吗?"

主持人故意使用了颇具煽动性的表达方式,脸上也显出有意为之的神情来。

"往最难听了说是这样。"经济评论家面露嫌恶,接着开口说,"还可以用其他更加正面的说法,比如'精神健康'。"

"精神健康?"

"假设有个老人活到了很大岁数,如今七十、八十、九十岁的老人已经不算罕见了,可是年纪大了,很少还能有人保持健康的身体状态。"

"他们需要有人看护。"

"即便还不到需要看护的程度,身体上总还是有这样那样的毛病,这就给家人造成了负担。"

"可是,就算照顾老人太累,总不能因此叫老人去死吧!"

"一般的家庭当然不会这样做，他们还希望老人能一直长寿呢。需要留心的不是老人的家人，而是老人自己的精神状态。哪怕背负着重担的家人希望老人可以活得更久，可给家人带来了负担的老人自己会愿意这样下去吗？他将一直活在给深爱的家人带来负累的愧疚里，他的精神状态是健康的吗？这就是我想说的。"

"啊……"

"一直活在愧疚里不会很煎熬吗？"

"确实。"

"'精神健康'要说的就是这一点。如果当事人不希望自己成为负担，想减轻家人的压力，这么说或许不太合适，但它实际上可以算是一种双赢。在实行痛苦解除条例的地区，人们可以选择自杀。"

主持人恍惚间"啊"了一声。不知是因为评论员的话超出了应有的尺度，还是主持人没掌握好转换话题的节奏，总之，电视里传出咔嚓一声，随即插播起了广告。

在正崎思绪回笼的时候，人美已经回到了起居室，她站着看电视里的广告，脚边是装着换洗衣物的波士顿包。

"今天地铁停运了呢。"人美看着电视嘟囔道，"我出门去给明日马买袜子，只隔了两站远，路上却花了一个小时。"

"是吗？"

"是你在负责吗？"

正崎转过头，对上人美的眼睛。

人美没具体说明是哪件事，她指的必定就是日本如今最大的事件了。

正崎自然从没对家里人提过这一连串的事件，人美只是心下推测而已。作为正崎的妻子，她时常会敏锐地察觉到什么。正崎略作思索，最后还是自暴自弃般回了句"是的"。

"这件事归特搜部处理吗？啊，也是，特搜部啊……"

人美自己琢磨过来了。当然，这并不是因为她深谙特搜部的职责所在，她只是觉得，重大事件应该都归特搜部管。

"我得赶紧走了。"正崎拎起波士顿包。现在不是细谈的时候，他也不能对人美透露任何消息。"等安顿下来再和你联系。"

人美什么都没说，只是看着正崎。

她的脸上浮现出担忧与不安的神情。人美向来不会强行隐藏自己的感情，可与此同时，她也深知把这些担忧说出口没有益处。

"阿善。"

"什么事。"

"我可以偶尔给你发信息吗？"

正崎下意识地皱起眉。人美的信息总是非常啰唆，他一开始把联系人分了类，收到人美的信息时，手机不会发出提示音。可她发来的信息实在太多，到最后，正崎终于忍不住告诉人美"不要再发那些无聊的东西了"。人美当时狠狠抱怨了一番，不过在那之后就收敛了很多。

正崎皱着眉想，要是现在答应了她，之后会变成什么样呢？他实实在在地苦恼了一阵，最后叹了一口气。

"我会看的，不过可能没办法回你。"

"这样可以吗？"正崎问。他用不着听人美的回答了，人美的表情已经说明了一切。

乘出租车回到特搜部时已是凌晨一点，走廊上来来往往的都是和正崎一样面色疲倦的检察官、事务官们，还有人靠在墙边打盹。正崎走进办公室，把行李放在沙发上，然后一屁股坐到了办公椅上。

他的目光在凌乱的办公室里环视了一圈，待处理的事务堆积如山，要排查有关新域选举的资料，还要搜集斋开化及其同伙的相关信息。每件事做起来都有如大浪淘沙，费很多力气也未必能发现多少信息，何况如今也没有事务官可以从旁辅助。面对着一眼看不到头的诸多证物，正崎的大脑急速宕机。

他放弃了思考，决定先补个觉。正因为眼下分秒必争，他才更不能无意义地空耗精力。

正崎打开手机设置闹钟。他不能睡太久，但睡太少也没有意义。一番推算后，正崎把闹钟定在了四小时后。他想，四小时的睡眠时间太奢侈了，不过前提是中途不会被什么人或事叫醒。

三个半小时后，办公室的内线电话响了。

正崎苦着脸起身，时间接近清晨五点。睡眠时间比预计少了半个小时，不过已经足够正崎恢复精力了。

他叹了口气，接起电话。打电话的是守永，他给正崎带来了一则好消息，弥补了正崎没能入睡的三十分钟时间。

"我们可以给你指派一名新事务官。"

正崎的大脑再次开始运转。

"对方虽然只有二十三岁，但之前是做公审事务官的，尤其擅长法务，你应该很需要这种人吧？"

"听起来很优秀。"

接着正崎询问了一件最重要的事：

"新域构想的事……"

"已经告诉过她了，你可以放心用人。"

正崎道了声谢，挂掉了电话。多个人手已经非常令人振奋了，遑论对方还尤其擅长法务，正崎不由得心下大悦。就目前调查的案件来说，这名新事务官无疑是最为合适的人选。

只是，能在如此短的时间内找到一个明了"内幕"的事务官，这件事让正崎略微在意。

"非公开新域构想"是一帮人在犯下数不清的违法行径后最终制作完成的计划，知道了真相后依然愿意参与其中，就相当于和犯罪者同流合污。检察厅人员身为法律的守护者，真的能接受这件事吗，还是说，对方是被守永施压，不得已应承下来的呢，又或者，对方会不会根本就不认为这件事有什么问题？正崎感到了一丝不安，不知道将要和自己共事的会是什么样的人。

然而现在并不是在意这些事情的时候，有人能帮上忙已经非常难得，自己不能再抱更高的期望，能平平常常地做事就够了。正想着这些的时候，有人敲响了办公室的门，正崎答了句"请进"，门静悄悄地开了。

一开始，正崎还没看清进来的人是什么样子。

来的是个女人。一个高挑貌美的女人挺直脊背站在正崎面前，黑色的短发泛着冷光。弧度柔和的大眼看起来像是哪个女演员，然而抿成一条直线的薄唇无声地抹杀了这种肤浅的印象。看到女人脖子以下的白 T 和藏蓝色外套，正崎才终于意识到，进来的是指派给自己的新事务官。

"打扰了。"

房间里响起了像是刻意修整过的平板声音。

"我是检察事务官濑黑阳麻，从今天起担任您的辅佐事务官。"

"哦……"正崎掩饰般回道，"不好意思，你先在外边等一会儿吧，我要打个电话。"

美丽的事务官行了个礼，像是对照标尺量出来的一样标准，随后走出了办公室。正崎一脸讶异地按下内线号码，等待对方接电话的间隙里，他随口念叨着新事务官的名字。

濑黑？

"是濑黑次官的侄女。"

电话那边的守永简略说道。

"她为什么会来特搜部？"

"没有为什么，她自己参加选拔考试考进来的，没靠家里人的关系，工作表现也一直不错。有个做事务次官的亲戚，估计她也多多少少受了些影响。"

正崎心中有了思量，暗道："原来如此。"

法务次官濑黑是深度参与新域构想的核心人物之一。相比其他人，对自己的亲属更容易说明内情，也更有利于把控之后的局势。这么一想，正崎就理解何以能在短时间内找到可堪一用的帮手了。

除此之外，正崎还有另一个问题。

"守永部长……"

刚说出这几个字，他心念一转，又闭上了嘴。

因为正崎发现，自己刚刚的想法是一种歧视。

这次案件的严峻程度前所未有，目前已出现了多名自杀者，甚至还有两名检察事务官沦为了案件的牺牲者。案子目前还看不到解决的途径，毫无疑问，接下来还得继续严加调查。

事件如此凶险，检察厅内部可能还会再次出现新的牺牲者。在这种情形下，把法务次官的亲戚，一个年轻的女事务官派过来真的合适吗？正崎几乎是下意识地想到了这些，但他后来反应过来，自己的想法明显是一种歧视。

难道不是事务次官的亲戚就该死吗？不年轻就该死吗？不是女性就该死吗？

文绪、奥田就该死吗？

不是的，没有谁是应该死的。既然如此，就没有理由特意把濑黑事务官排除在事件之外。无关出身、年龄、性别，她就是一名普通的检察事务官，是自己的同事。

"知道了，我会给她分派任务。"

正崎说完，挂断了电话。他朝走廊的方向唤了一声，濑黑事务官再次回到了办公室。正崎细细观察起又一次站到自己面前的人。对面的人个子很高，似乎和正崎差不多。第一次看到眼前人的时候，正崎联想到了樱花，现在再看，他觉得对方更像是百合，像一朵从成人那么高的茎秆上开出的白色花朵，令观者不由自主地感到紧张。

"不好意思，麻烦你再说一遍自己的名字。"

事务官挺了挺本就笔直的腰杆，开口说：

"我是东京地方检察厅特别搜查部的检察事务官，濑黑阳麻。"

"濑黑我知道，阳麻是哪两个字？"

"太阳的阳，麻是植物的那个'麻'。"

正崎记下新事务官的名字，让她落座。濑黑坐到了接待客人用的沙发上，正崎坐在她对面，两人的眼睛自然对视。

正崎调动起十二分特搜部检察官特有的观察能力，探索濑黑当下的心境。

濑黑有一双好看的眼睛，好看的不是外在，而是气质。那双澄澈的眼就像玻璃球一样，散发出冷淡的光。濑黑似乎并不如表现出来的那般冷淡刻板，她在有意掩盖自己的情感波动。她的脸上没有笑意，神色端庄严谨，像是覆了层理智与思考铸造的面具。

然而那层面具反倒透露出濑黑真实的内心。

如果情绪积极，她没有必要拼命掩饰。

"濑黑。"

正崎冷不丁唤了她一声。

"你厌恶我或新域构想都没关系。"

正崎直截了当地说道。濑黑的眼神产生了些微动摇。

"我只要求你做好辅助事务官该做的事，你如果做不到，就换别人来。"

正崎刻意用了强硬的言辞。他不是想威吓对方，也不是想标榜自己的态度。选择说这些话，只是因为这样才能以最快的速度解决事端。

涉入新域构想的边缘之前，正崎也有过数之不尽的苦闷与纠结。直到今天，他依然还会不断问自己这样做究竟合不合适，然而自己的心境和眼前初次见面的事务官毫无关系。如今的正崎就是谨遵新域构想核心人物的意图行事的"爪牙"，这大概就是濑黑事务官看到的全部事实。

正崎是在看清了这些情况后说出的那些话。事已至此，他并不期望自己在他人眼中还有什么美好的形象，被人厌恶也没关系，只要工作不受阻碍，别人怎么想都无所谓。

"不会的。"濑黑答道，语调沉着冷静，"我会好好辅助您。"

"我知道了。"

确认完应该确认的问题，正崎开始了与新搭档的共事合作。

濑黑阳麻是个得力的助手。她花两小时左右整理好了正崎尚未处理完毕的杂务，使正崎得以集中精力排查物证，思索问题。正崎真诚地满意于新搭档的优秀表现。别说文绪了，就是和奥田比起来，濑黑也是更加优异的一方。

分派过来的同时，濑黑还带来了十几本按照具体领域分门别类整理的判例集，说是在收到负责新域事件的通知时准备的。在确认公诉事实是否成立，探讨起诉行为是否恰当的时候，过往判例确实是不可或缺的参考资料。当检察厅内部还因为反应不及持续混乱的时候，这位年轻的事务官已经解析了事件的本质，采取了自己的应对方式，这着实让人震撼。正崎又一次为自己先前的偏见感到羞愧。濑黑无疑是一名顶级的检察事务官。

两张办公桌呈"L"型摆放在办公室里，正崎在窗前的那张办公桌边坐了下来，濑黑坐在旁边。这是检察官与事务官最常见的位置分配，也是正崎最习惯的落座方式，然而此前正崎从未与女性事务官搭档合作过，现在那个位置上坐了个女人，让他有些别扭。

正崎刻意抛开无益的思绪，与濑黑探讨斋开化的罪状。两张办公桌上摊开放着两本六法全书，还有无数的判例集。

守永抽调的搜查小组大概还要一两天的时间才能组建完毕，在此期间，正崎要和事务官做好他们目前能做的事。关于《刑法》第二百零二条的自杀参与罪，两人已经大致探讨完毕，接下来他们准备从其他方面入手，寻找击破斋开化的着力点。

"域法的推行有漏洞吗？"

“没有。”

濑黑平静地答道。说话的同时，她翻开了一本全新的书册，里面整理集结了刚刚通过国会表决的新域相关法案。

“域法被赋予了超出普通地方自治体一般条例的适用范围。它进入实际运用的速度远远超过了其他自治体，强化了地方自治法里‘专权处置’的权限。”

正崎脑海里浮现出“专权处置”的相关条例。他刚刚重新回顾过那些条例，记忆还非常清晰。

【《地方自治法》第一百七十九条第一项】

一般地方公共团体未成立议会时，一般地方公共团体符合第一百一十三条所述，无法召开议会时，一般地方公共团体的领导无暇召开议会，或是在议会上未决议应决议的事项时，该一般地方公共团体的领导人有权处置应予决议的事件。

专权处置是指领导人可在未经议会表决的情况下自行处置案件的制度，这项权限受所有自治体的认可。

不过，实行专权处置必然有一定的限制条件。

【第一百七十九条 第三项】

依据前两项的规定做出专权处置后，一般地方公共团体的领导人须在下一次集会上向议会汇报，取得议会的认可。

采取专权处置方式处理的事项，必须在之后召开的议会上获得议会认可，不过这样的"认可"并不具备法律约束力，即便议会不予认可，也无法撤销专权处置的处理结果。然而即便如此，不可否认的是，这样的规定依然起到了约束限制的作用。

条例始终是议会通过表决制定并实施的法令，只有碰上特殊或紧急情况时，领导人才能够启用专权处置，这是自治体普遍采用的立法形式。

新域却不同。

作为新法制的试验基地，新域的制度设计使得新法制定的速度远超其他自治体。

"域法一般经由相当于专权处置的'掌决'方式加以制定。（之后召开议会，追加认可经掌决制定的域法）"

与其他自治体相比，新域领导人的权限占据了绝对优势。这就是说，作为新域领导人，斋开化独自发布新域法是完全合法的举措。按照一般流程，接下来应该就要召开议会，表决认可斋开化颁布的新法。

"新域还没有成立议会。"

濑黑事务官冷静道出了不容乐观的事实。

"决定新域议员阵容的'域议'选举，原本是定在域长选举结束后进行的，按原定计划，十二天后的周日就是投票日期。"

"照目前这个情形，选举能不能如期进行还是个未知数。"

正崎皱起眉。

一般情况下，领导人选举和议员选举大都在同一天举行，而新域的两大选举错开了三周。当时给出的理由是"这是迄今为止规模最大的地方选举，我们要留给民众足够的时间，以认识了解各位候选者及其提倡的政策"。然而归根结底，这只是对外冠冕堂皇的借口，这样做实际上是为了满足非公开新域构想的要求。

根据最初的构想，从斋开化当选到举行议员选举期间，他们可以先通过"掌决"颁布前期准备阶段未能调整完毕的法制。

当然，即便议会成立了，领导人依然可以行使"掌决"的权力，只是趁议会未成形时办事会省去很多麻烦。新域构想的核心阶层预备利用斋开化当选至议会成立之间的三周时间，构建出符合自身意向的新域体制。

"斋开化操控域法的行为找不出漏洞，大概是事先已经做好了万全的准备。"

濑黑用冷淡的语调说道。正崎又一次蹙起眉头。斋开化的所作所为滴水不漏，纠结其中是否存在破绽没有意义。正崎必须从毫无纰漏的局面中找出漏洞，以此起诉斋开化，他苦苦思索着。

如果现阶段找不到漏洞，那就该思考接下来会不会出现什么漏洞，得预测斋开化下一步会如何行动。若不能先发制人，得胜的希望便会十分渺茫。正崎追寻着斋开化的心思轨迹。

对斋开化来说，接下来不举行议会选举应该是比较理想的发展方向。

虽然议会认不认可法令都不会阻碍法令的实施，但他若一再罔顾议会的反对，终究会渐失民心，如此一来，制度改革将重重受阻。毫无疑问，对斋开化来说，无议会状态越持久，自己的行动就越自由。

所以，接下来他要颁布的域法，会不会和域议选举有关呢？

比如推迟选举，大幅削减议员席位，提高候选者的资格门槛等，一切目的都在于削弱议会的作用。作为域长，想强行实施自己的改革举措，就得弱化议会的权力。

正崎想起了半田给自己看的意向调查，痛苦解除条例的支持者仅占百分之三。若能正常发挥议会"少数服从多数"的功能，斋开化绝对会以落败收场。

"斋开化要是什么都不做，十二天后就会举行议会选举。"正崎对濑黑诉说着自己的考量，"所以，他应该会在今明两天内发布事关如何选举的'掌决'命令，还会尽可能采取不引人注意的隐蔽方式。"

按自己的意愿修改法律必将招致民众的抵触，但只要没被大幅报道，他就可以瞒过民众耳目。

听正崎这么说，濑黑开口道：

"是像颁布条例那样，发布到网络上吗？"

"斋开化可能会特意通过网络渠道发布指令。在新域办公大楼的告示板上悄无声息地贴张告示纸也可以算作对外公布。"

"莫非还会有相关人员特意现身？"

"所以，他们可能恰恰选择出其不意的方式，让我们措手不及……"

就在这时，一阵电子音传进两人耳中。

正崎与濑黑齐齐看向声音发出的方向，是之前一直没关的电视，里面放出了一则新闻快讯。现在是晨间新闻时段，标着 7∶05 的时间旁排列着一排文字。

"新域域长斋开化通过网络发布了一则新声明"

下一个瞬间，濑黑已经敲击起了键盘，正崎也站起身，快步走到濑黑的电脑旁。电视里的主持人一脸迷茫。

"现在插播一条关于新域的快讯。就在不久前，上午七点左右……"

濑黑搜索着 SNS 上的帖子。不清楚该去哪个网站时，这种方法比较高效，在 SNS 用户实时反馈信息的地方，盯准热度最高的板块就行。SNS 上已经出现了"新域""声明"等热搜词。点击词条后等待加载的短暂空当里，正崎焦躁地思索着。

早上七点？

他有种强烈的异样感。这个时间和自己预想的完全背道而驰。

早上七点，新的一天才刚刚开始，睡醒的人们还没去上学、上班，他们会边吃早餐边看电视。这是各个电视台播报新闻，传递新鲜资讯的黄金时段。

七点是"最引人注意的时间"。选在这个时间行动，说明斋开化意图将声明广泛散布出去。看来，这个声明应该和议会选举无关吧？

斋开化究竟想说什么？

出现在屏幕上的是一家有名的视频网站，发表声明的视频已经有超过十万的播放量，大概是人们看到新闻快讯后，都来检索了视频。新闻报道如果继续播下去，接下来还会有比现在多几十倍、几百倍的人看到这个视频。

视频开始自动播放，屏幕上出现一片黑色。

"我把声音放出来。"

濑黑移动鼠标，把音量拉大，然而视频还是没有声音，安静的黑色画面占据了屏幕。

视频的播放时间走过了五秒，画面开始出现了变化，一个圆形的简洁标记浮现出来。

是新域的标志。

"大家好。"

突兀的声音响起，那是斋开化的声音。与此同时，屏幕上出现了日英双语字幕。视频画面没有变，显示的还是新域的标志，看不到斋开化的身影。

"我是新域域长斋开化，再次对新域的所有居民，以及生活在日本的所有民众致以问候。"

声音到此戛然而止，画面里依然是新域的标志。

无声的三秒、四秒过去了。

正崎听到了濑黑咽唾沫的声音。

"痛苦解除条例。"

斋开化再次发声，敏感的词汇进入两人耳中，映入眼底的字幕让这个词更加拉扯人的神经。

"从前些天起，新域开始施行新的域法。新域法涉及解除痛苦的权利，公开认可自杀的合法性。正如大家所了解的那样，域法颁布后，不仅在新域，日本全国都出现了众多自杀者，整个社会掀起了一场关于是否该认同解除痛苦的权利的争论。"

正崎面色阴沉地听着视频里的声音。"掀起争论"的表达听起来煞有介事，而实际上，反对派占百分之八十，赞成派占百分之三，这样的比例根本不足以掀起所谓的争论。

"我了解到，"斋开化顺畅地往下说道，"大多数人都对该条例持反对意见。"

正崎露出惊讶的神色。

"制定法律的目的旨在保障人们的幸福。不受大家期待的法律没有存在的必要。如果一项法令受到了大多数人的反对，这项法令就应该予以废除。"

濑黑听着听着，也露出了疑惑的神情。斋开化接下来要说什么完全脱离了原先的预计，他似乎主动把这个话题引向了不利于自己的方向。

"那么，我们应该怎么做判断呢？"斋开化语气平静地继续往下说道，"我国的政治体制是民主主义。"

画面中出现了"Democracy"字样。

就是市民掌权，市民决策的政治体制。

"要做判断很简单，清点人数就可以了，进行选举就能解决问题。对于是否认同条例这个问题，我们只要遵循民主主义的原则，通过选举掌握民意，问题就解决了。"

正崎的困惑达到了顶点。濑黑也深深地皱起眉头。

这家伙究竟在说什么？在八成民众都反对、嫌恶该条例的情况下，难道他还觉得能在选举中胜出吗？

"十二天后我会召开域议选举，来决定新域议会班底。"

正崎的困惑没有得到解答，斋开化还在淡然地继续自己的声明：

"在此，我将公布关于域议选举的域法。这项选举法的目的在于汲取更多民意，保证结果更加公正。让我们携手共建一个更加美好的世界吧！"

在对自身行为的美化称颂中，斋开化公布了关于域议选举的三条法令。

这一步棋依然超出了正崎的预料。

关于第一届新域域议会议员选举的域法：

1.凡在新域内拥有居所的日本国民，皆有资格参与域议会议员的选举（选举权）。

2.享有选举权的人士有资格成为域议会议员候选者（被选举权）。

3.所有候选者应表明自己对痛苦解除条例持有的意见。

BABYLON **II**

黑色汽车在神田神保町的啤酒街间穿梭。

副驾驶上的正崎看着导航画面。他们要去的计时停车场在一片纵横交错，只能单向通行的逼仄小路间。正崎本打算给她指路，但开车的濑黑似乎对路况很熟，他就放弃了指路的打算。

从霞关开到神保町的十分钟里，车内缄默无言。没什么需要提前交代的事情，车里的气氛也不适合对话聊天，不过在正崎看来，这种情况实属正常。

检察官与辅助事务官是一天二十四小时都在一起行动的搭档，可即便如此，双方也不需要积极主动地磨合彼此。就像他早已对濑黑说过的那样，就算濑黑在个人情感上厌恶自己，只要她不把这种情绪带到工作上，那就没有问题。由此看来，濑黑阳麻开车平稳细致，工作表现可算过于出色了。汽车开进停车场，恰好停在线条画出的车位正中央。

两人下了车，走到大街上，在神保町一丁目路口拐了个弯，继续往前走。他们绕到一栋三十层高的大楼里，进了家位于一楼出租区一角的连锁咖啡店。正崎把预约信息告诉店员，店员领他们进了里面的租赁会议室。

租赁会议室约十叠[1]大，呈窄长形格局，中间摆了张白色的会议桌，桌上是胡乱摊开的报纸、杂志和纸张。一片凌乱中，半田盯着笔记本电脑，注意到正崎来了，他抬起头。

"来了，阿善……"

半田嘴张到一半又止住了话头。"哦，对了。"正崎这才回过神来，转而面向濑黑，"这位是我的新事务官濑黑。"

濑黑报上自己的姓名，低头致意，半田却还是失神地盯着濑黑。

"阿善……我怎么觉得这位检察事务官是个年轻又干练，超级漂亮的大美女呢……怎么回事……我是连着好几天没睡好，脑子坏掉了吗……"

"我看你睡得挺好。"

正崎拉开椅子，正准备坐下时，身后传来"梆"的一声巨响，半田使劲敲了一下他的脑袋。正崎用杀人般的眼光看向半田，半田紧紧握着卷成棍状的报纸，哭喊着叫嚷道：

"过分！！"

"什么？"

"为什么？为什么好事都让你占了？你不是有妇之夫吗？你妻子不是很可爱吗？"

"你想说什么？"

1　计算榻榻米的量词。张，块；一叠相当于1.62平方米。

"法律规定，已婚者不得接近美女！！"

半田自己立了项新法。正崎拿报纸回击法学系出身的友人。

"检察官施暴了！我要起诉你！"

"驳回诉讼请求。"

"你这是滥用权力！你也看到了吧！"半田气势汹汹地追着濑黑说，"求你帮我作个证！我们两个一起打击特搜部的腐败现象吧！忘了说了，我叫半田有吉！现年三十二岁，单身！这家伙是大学时代的朋友！还有，我单身！"

濑黑用淡漠的眼神回看半田。

"啊……真冷淡啊……可是很可爱……"

"正崎检察官，"濑黑像机器人一样发问道，"这位是？"

"他是恒日报社的记者。"

"报社记者。"濑黑重复了一遍，"正崎检察官，特搜部明令禁止检察官与记者私下接触。"

"我知道。"

正崎只回了这几个字，声线冷硬地打断了话头。濑黑察觉到他的意思，没再说什么，眼神依然淡漠。半田感受到空气中的紧张感，视线在两人脸上来回交错。

"这是出什么大问题了吗？"

"没事。"

"只是我和你同时被讨厌了而已。"正崎说。半田愤恨世道不公。

"这选举制度够狠。"

半田无所谓地笑着嘟囔。正崎和濑黑面色复杂地盯着会议室的桌面。三人目光所及之处，是昨天斋开化公布的选举法的打印件。

"这是同时发布在网上的补充信息和答疑。"

半田把笔记本电脑摆到会议桌中央给他们看。电脑打开的是斋开化公布选举法的页面，上面以问答形式呈现着域议选举的相关信息。

"斋开化目前还是没有现身，他在利用网络发布消息。这个网站上有填写问题的板块，当他们判定问题比较重要时，网站运营方，也就是斋开化的团队就会给出回答。"

"问题和回答都会对外公开啊。"

"所以上面的帖子看起来杂乱无章。不过网站有分类功能，这样就不会遗漏重要的信息。这个网站的系统简洁又高效，背后应该有一批优秀的技术人员在支撑。我也试着提了个问题，很快就得到了回复。"

"什么问题？"

"自然是关于选举法的问题。我们边看补充信息边从上往下依次看吧。首先是第一项。"

半田指向印在纸上的文字。

1. 凡在新域内拥有居所的日本国民，皆有资格参与域议会议员的选举（选举权）。

"第一条上来就很不妙……主要有两点。"

半田拿红圆珠笔给条文的部分文字画上了横线："拥有居所"。

"居住在当地的该地居民参与投票，这一点和县议、市议选举一致，只是域议选举的条文里没有限定'居住时长'。一般来说都应该有相关规定，比如居住时长在三个月以上之类的。不做这样的规定，那就意味着……"

正崎皱着眉接了下去："任何人都能够即日获得选举权。"

"够不妙了吧？"半田脸上浮现出扭曲的笑容，"只要转移户籍，任何人都可以当即获得选举权。往极端了说，有人甚至可以早上去政府参与选举投票，当天再搬走。总而言之，新域域议选举的选举权简简单单就能拿到手里。"

"容易过头了。"

濑黑平静地插了一句。连只说正事，半点废话都不愿多说的事务官都忍不住出声了。

听到濑黑的话，半田兴奋地点点头，再次拿起圆珠笔，圈起了整条条文。

"濑黑小姐所言甚是。这一项还缺了条文应有的东西，也就是第二点，这是最为不妙的地方。"

半田看向正崎。正崎自然也注意到了那一点。

他说出了三人共同意识到的缺陷。

"年龄限制。"

"对。"半田敲敲桌子，"一般情况下，选举权都有年龄限制。修改后的《公选法》规定，日本十八岁以上人士可以参与选举，但新域的域议选举完全没有这样的年龄限制，似乎连婴儿都可以投票。"

"这是要干吗？"

正崎面色惊异地吐槽道。字都写不好的婴幼儿不可能有能力参与投票。

"所以，我就问了这方面的问题。"半田滚动着电脑屏幕，"不过，这个回答有点草率……"

电脑屏幕上出现了几个问题和与之相应的回复。半田看着屏幕说：

"简单概括一下，是这样的。字迹为本人亲笔且清晰可辨的，就算投票有效，字迹不清的算投票无效。"

"……这样就能杜绝投票乱象了吗？"

正崎抛出疑问，同时在心里思索起自己预见到的问题。没有家长带着，婴儿连投票处都去不了。要是有人带着婴儿去了，是不是就可以分到两张空白选票呢？谁能保证家长不会由着自己的喜好填写属于孩子的那张选票呢？

"答复里倒是写了不允许弄虚作假，但也只是规劝，没有相应的惩罚措施，这种现象应该没办法完全杜绝……再说了，投票舞弊非常容易，根本就用不着偷偷占用孩子的选票名额。"

半田切换了页面。出现在屏幕上的是早已结束的新域域长选举官网。

网站中央有个显眼的巨大按钮，上面写着"投票已结束"。

"从举行域长选举的时候开始，新域就同时采用了网络投票系统。

网络投票无法分辨投票人究竟是家长还是孩子。"

正崎看向调查域长选举事件时浏览过无数次的网站页面。

作为新政策的试验基地，新域试行了新制度，这项制度的其中一环就是网络选举投票。

新域内构建的体制是，使用社保编号形成的个人身份认证，只要一台电脑，任何人都可以不受地域限制，参与投票。域长选举在国内首次引入了网络投票的形式，它的便利与新颖使得选举创下了非常高的投票率纪录（由于真正的选举结果受到"非公开新域构想"的管控，新域试行的这项举措非常合适）。

"社保编号无关年龄，所有国民都持有。采用网络投票形式，相当于家长手里就有两张选票。儿童的选票实际上没有受到任何监管。"

"唯一的结论是，他们从一开始就没打算管控选票问题。"

"选举权不受监管，这一条必然也漏洞百出。"

半田指向条文的第二项。

2. 享有选举权的人士有资格成为域议会议员候选者（被选举权）。

"第二项以第一项为前提，它继承了第一项包含的所有问题，又比第一项更加过分。"

三人露出复杂的神情。根据给定的条件，可以想见的前景实在是过于荒唐无稽。

有选举权的人，拥有被选举权。

新域内的人不分年龄，全都享有选举权。

也就是说——

在新域，就连儿童都可以成为域议选举的候选者。

儿童一旦当选，就能成为议员。

"荒谬。"

正崎道出了心中最直观的感受。

"实际实施起来会怎么样，目前还无法预测。"半田靠在椅背上，抬头看向天花板，"事实上，就算明确宣称儿童也可以成为候选者，一般的家长也不会让孩子去参选吧。就算真有儿童参选，正常人也不会投票。哪怕真有为博眼球去参选的，还有看热闹不嫌事大的人投票，最终能当选的能有一个也就不错了。"

正崎大致认同半田的意见。

参选程序虽然不受管控，但既然是选举，最终的结果还是会由大多数正常人决定。就算在机缘巧合下，真的有儿童当选了，当选者终究也是少数，不可能出现占据议会多个席位的局面。未来即便全面废止了年龄限制，议会选举也不会因此出现重大变动。

这条线不必再深思下去了，正崎必须考虑其他方面。

斋开化为何要制定这样的选举法案呢？

他心里是如何规划的呢？

"再就是最后的第三条。"

半田的声音把正崎的思绪拉回到现实中。

"说实在的，这一条最让人心里发怵了……"

3.所有候选者应表明自己对痛苦解除条例持有的意见。

半田歪着脑袋说：

"我想，这一条的意图就是它字面所表达出来的意思。参与域议选举的全体候选者都要明示自己对条例的看法。他们将分成赞成派、反对派和其他阵营，凸显选举的焦点所在。"

正崎点点头。斋开化自己也明确道出了这层意思，依他所言，选举的目的就是思考条例合理与否，体察民意。第三项无疑正是推动其意图达成的助推器，这就是令他们心头发怵的原因。

如果正常进行选举，斋开化绝无得胜的可能。

意向调查就不说了，单看现在，大多数市民都还对条例持反对意见。哪怕是在更易接受新鲜思想的网络上，支持者也仅占百分之三而已。若把条例当作选举焦点，最终的结果显而易见。既然如此，他为什么……

"是这样啊……"

半田说着，又一次切换了页面。

他打开了视频网站，上面播放的是斋开化昨天公布在网上的选举法视频。半田拖着进度条，跳过了视频前半部分。新域的标志始终停留在画面上。

"我不准备施行政党政治。"

斋开化的声音透过视频传了出来。公布完第三项条文后，斋开化开始面向民众阐述自己的政策意图。

"我希望今后可以继续施行条例，赞成的人，明确说出自己的意见即可。我们没有必要因为同样秉持赞成意见而结成政党，拉帮结派也没有意义。我们可以在一项政策上意见相同，也可以在另一项政策上各持己见。政党这种禁锢人的束缚没有存在的必要。"

斋开化的声明还在继续，他语调明快，言辞清晰。

"儿童也可参与的新选举法，"半田紧盯着视频说，"它的目的可能就是为了拥立候选者。"

"什么意思？"

"斋开化是无党派人士，这就意味着，他手下还没有与自己站在同一阵营的议员候选者。如果想施行政党政治，他首先就得拥立一定人数的候选者，并且让他们成功当选，否则什么事也做不成。"半田指着视频说，"而根据这项选举法，所有参选者都会自动划分到反对阵营或赞成阵营里，赞成阵营会成为斋开化的派系。"

"原来如此。"正崎点了点头。

新域的议员名额总计一百名。想在议会中占据主导地位，顺利推动法案通过议会表决，就必须获得半数以上，也就是至少五十一名议员的同意。这么算起来，如果斋开化没能推出至少五十一名候选者，那么不等选举开始，他的落败就已是定局。而不难想象的是，目前还隐藏着行踪的斋开化一时很难推出这么多候选者。

然而，如果通过候选者应对条例的态度找到自己的支持者，部分无党派候选者就可以直接担当斋开化派系候选者的角色。如此看来，新域选举法的第一项与第二项都暗合了这个目的。进入候选队列的难度降低，大概也会有人浑水摸鱼。而对斋开化来说，浑水摸鱼没关系，那些人只要表明自己赞同条例就足够了。他推出的候选者是否能担当起议员的职责暂且不论，此举至少可以保证自己不会在选举前落败。

"可是，就算斋开化能推出五十名以上的候选者，"正崎如实道出自己的想法，"如果那些人最终没有赢得选举，他做的一切也就毫无意义。"

"你说的倒也有一定可能。"

半田说着，伸手指向视频。

在新域标志的映衬下，斋开化的发言还在继续，语气一如既往般表现力十足。

"只要你赞同该条例，我们就是志同道合之士。各位市民，各位日本国民，各位世界公民……"

"斋开化或许真的认为他可以获得全世界的认同。"

半田神色震惊，似乎自己都不相信刚刚说出口的话。正崎的神色和半田如出一辙。就连面相冷硬的濑黑脸上都现出了一丝异于往常的神情。

斋开化明朗的声音传入三人耳中。

"还请大家务必做出正确的选择。"

走出咖啡店，正崎、濑黑作别半田，回到停车场，各自坐到驾驶座和副驾驶上。

"回特搜部吗？"

"不。"正崎看着手机屏幕，"管理官来了。"

濑黑点点头，发动了汽车。她似乎已经了然目的地是哪里了。汽车像在冰面上滑行一般行驶在路上，顺着来时的路，向霞关方向开去。

向南驶过日比谷人道后，车外传来一阵吵吵嚷嚷的声音。正崎看向逆向行驶的车流，只见大手町的路面上聚集着几十号人。

"能停在那附近吗？"

他催着濑黑停车。汽车隔着四条车道，停在了与人群所在车道方向相反的路边。濑黑稍稍打开车窗，正崎的视线越过濑黑看向车外。

对面的路面上停了辆大型选举车，和迷你公交车大小相当。

"简直荒谬无道！"

叫喊声通过喇叭扩散开来。

选举车上站着个男人，像是候选者。

"活着是所有生物的本能，是人类的本能！认同自杀将摧毁人类社会的根基！大家冷静想想！你会告诉自己的孩子，他可以自杀吗？"

聚集在周边的大部分听众似乎都是大手町的上班族。大家神色肃穆地仰视着车上的政治家。正崎仔细观察着选举车。车身前后安上了黄绿色的喇叭，总计有十二只。定制成选举专用样式的豪车侧面写着显眼的党派名字。

"是自明党啊……"

动作真快，正崎想。

斋开化三天前发表完宣言后，域议选举一度被大众遗忘。在看不到半点动静的情况下，选举是否还会如期举行都是个谜。然而昨天的选举法宣言正式敲定了域议选举一事。之后又过了一天，自明党就已经开始走上街头发表演讲了。

"可选举还没发布正式公告呢。"

"候选者名单还没有公布。"濑黑出声解答正崎的疑问，"正在演讲的那个人是不是域议选举的候选者现在还不清楚，不过车身上没有写他的名字，也没有拉横幅，自明党大概是想打政治活动的旗号，而不是选举活动，选在选举区外举行演讲也是替自己打掩护。"

"你这么说也有道理。在丸之内演讲有意义吗？"

"新域有不少远郊住宅区，很多上班族白天会去城市中心上班，演讲地点设在二十三区内是有作用的。"

濑黑当即说出自己的分析。正崎由衷地感到佩服，心中同时浮现出另一张脸。这场计算缜密的政治活动大概就是那个人主导的——非公开新域构想的引领者，自明党原干事长。

"真是面面俱到啊。"正崎吐出一口气，"想抓那家伙还得大费周章。"

"要抓人吗？"望着窗外的濑黑回过头看向正崎，"你指的不是斋开化，是自明党的相关人士吧？"

她似乎还想进一步问清楚究竟是怎么回事，正崎却无意解释，也不想解释，只回了句"要是有这个机会就好了"，随后朝霞关方向指了指。濑黑也没再多做纠缠，沉默着发动了汽车。

五分钟后，行驶在内堀大道上的汽车在三角形路面的顶点上拐了个弯，安装了红绿灯的路牌上显示出"樱田门"三个字。

二人抵达霞关的警视厅总部大楼后，被人带到了一间陈设着办公桌的大房间里。房间里的长方形办公桌摆成两列，每张桌子配有三把椅子，最前面有三块白板、大屏液晶电视以及视频播放设备。房间似乎是平时拿来开调查会议的地方，现在只有正崎和濑黑两个人在里面。

进去后不到两分钟，最后面的一扇门打开了，一个身穿黑色西装、深色 T 恤的男人走了进来。正崎注意到动静，也向男人的方向走去，两人在房间中央碰了头。

"我是搜查一课的管理官寅尾。"

寅尾身材高大，年龄在四十五岁上下，个子比正崎还高出半个头。他体格壮硕，肌肉发达，看起来十分精悍，面相有种奇异的亲切感。大大的鹰钩鼻和丰厚的嘴唇就像玩偶一样，给人温厚的感觉。然而正崎非常清楚，仅凭温厚可当不了警视厅总部的管理官。

"我是东京地方检察厅特搜部的检察官正崎。你了解的情况有多少？"正崎开口就直奔主题。

"我接到通知，说要针对三天前开始的一连串新域事件组织特别调查小组。"

"调查小组的重点调查对象是新域域长斋开化。你知道新域构想吗？"

"新域构想。"

寅尾重复了一遍。正崎问得太过宽泛，寅尾似乎还不理解对方要问的是什么。正崎对他的知情程度有了个底，点点头说：

"我们先从共享信息开始吧！"

他就近拉过一把椅子。还没坐下，一个婉转动听的声音在他耳边低语：

"正崎检察官，"濑黑压低嗓子说，"这样做合适吗？"

"你指的是什么事？"

"那个……"

濑黑语塞，脸上浮现出困惑的神色。正崎自己也觉得确实不合适。濑黑阻止了正崎意欲公然说出新域内幕的举动，两人的角色仿佛颠倒了过来。

"没事。"

正崎只回了这么一句，随后坐在了寅尾对面。濑黑不放心地坐到正崎旁边。

"原来是这样。"二十分钟后，清楚了所有来龙去脉的寅尾用混杂着不快、自暴自弃以及理性思索的神情说道，"也就是说，接下来组建的搜查小组也要在幕后活动吧。"

正崎点点头。对方完全消化了他想表达的意思，这让他觉得欣慰。正崎想起了先前从守永那里拿到的寅尾资料。这个人果然名不虚传，正崎想。

警视厅的搜查一课有十几个管理官，寅尾是守永直接推荐的人选。

管理官是警察部门的重要职位之一，由警视职级担任。在警视厅，管理官的职级仅次于各个搜查课的课长、理事官，位居第三。发生重大案件时，管理官要奔赴当地警署，牵头指挥调查总部的行动，是一个非常重要的职位。

管理官的晋升途径分好几种。一是从巡查部长做起，在刑警部一线历练后获得晋升。二是在警务部或总务部积累经验后获得晋升。三就是以I类公务员的身份获得警官职务。前两者需要依次通过晋升考试，因此走这两种路线的人，当上管理官的时候年纪已经将近四十岁。最后一种是在二十五到三十岁之间获得提拔，三十多岁的时候就能当上警视正。

寅尾走的是第一条路线，他在积累了一线经验后获得提拔。推荐人守永评价他是"为了民众工作，为了民众走上仕途的人"。

"这家伙原本没心思当管理官，他觉得当不了警视都无所谓，能一直做个小小的警部就行。当不了警部，做副警部甚至是巡查部长也可以。可在那些位置上干活，就会发现有很多问题必须得往上爬才可以解决。一般人这时候就自暴自弃了，只知道怨天尤人，可寅尾却凭借自己的力量一路晋升，努力改善下层环境。他在每个职位上都是这样做的，最后不知不觉间就晋升到了管理官的位置上。我想说的就是，寅尾有时候不招上面人喜欢，但他在下级中很有声望。"

正崎向守永致谢。守永告诉他的是身为旁系的正崎在领导调查小组时最需要了解的信息。

但归根结底，有声望的人是寅尾，不是正崎。

正因如此，正崎才会在一开始就将非公开新域构想的事情和盘托出。想和初次见面的管理官建立互信关系，就不能对他有所隐瞒。当然，新域构想本身就是一连串违法行径，任何人都不可能心无芥蒂地认同它。正崎赌输的可能性不低。

可先行敞开心扉是正崎唯一能做的努力，证明了自己对寅尾的信赖。

"正崎检察官，"寅尾叹了一口气，而后看着正崎的眼睛说道，"谢谢你，你也不容易啊。"

"没事。"

正崎笑着回道。似乎已经跨过最开始的那道难关了。

"既然有这层内幕，"寅尾换上公事公办的表情说，"调查小组要怎么选人呢，都从一课出可以吗？"

正崎注意到旁边的濑黑看向了自己，似乎也对寅尾提出的事情抱有疑问。

警视厅刑警部的搜查课分为四课。

一课负责杀人、强盗、暴力、伤人、拐骗等暴力犯罪事件。

二课负责欺诈、贪污、违反选举法、收受贿赂、偷税漏税等智商犯罪案件。

三课负责盗窃案件，抓捕盗窃犯。

四课以取缔暴力团伙为主要任务。

寅尾其实是在说，调查斋开化不是一课，而是二课的职责。

"这次的事件确实属于二课的职责范畴，我也想从二课抽调一两个人过来。"正崎回答了寅尾的疑问，"不过，违反选举法的这方面可以交给在'明处'行动的特搜部或警察，我们也不能在你这里大肆集结人力。我想，要以精简的队伍发挥作用，一课的人才是不是会更加合适。"

寅尾微笑着点点头："确实如此，一课里边全是些特立独行的家伙。"

"再者，现在已经有很多人因此丧命了。"

正崎语气沉重地说道。寅尾和濑黑微微绷紧神经。

正崎没有说谁是凶手，谁是被害人，也没有把无数自杀和杀人案例与这件事混为一谈。他只是道出了有人死亡的事实。

然而仅此一点就足够出动一课成员了。

"我们有专攻各种方向的人。"

寅尾拿出一张纸放在桌上。纸上概括了搜查一至四课的简单架构，每一课中划分出了更为细致的调查小组和部门名称。正崎边看边整理自己的思绪。

"我们就不详细指定需要专攻哪些方向的人了。两个调查小组共计二十人，找一些做事机灵的就好。事务性的工作，我会交给自己的事务官去做，甄选时要以能上一线的人为主。必要情况下，我们办案时可能得采取武力手段。"

"那不就闹出动静了吗？是吗，那就这样吧。"

寅尾说着，渐渐回过味来。一连串的事件早就过了能够温和解决的时期。

"能从总部以外的其他地方调人吗？"

"没问题。"

"那就调一个过来吧，再就是……"

正崎再次看向组织架构表。他的视线从最上端开始依次向下，然后突然在某个地方停住了。

"麻烦你从第六部门调一个人过来。"

"第六部门？"寅尾也看向表格。

"嗯，就从其中的一、二两个科室抽调。"

寅尾不解地抬起头。濑黑也以同样讶异的表情看向正崎。

"我给你解释一下。"

正崎挠着头说道。他在思考怎样解释才能让对方清楚地理解自己的意图。

组织架构表里记载着第六部门的主管事项。

暴力犯罪调查第六部
　　——性犯罪调查第一科室（性犯罪调查，性犯罪相关的犯罪信息收集及分析）
　　——性犯罪调查第二科室（强奸及强制猥亵事件调查）

铺了地板的走廊延伸向建筑物深处。在壁灯暖光的映照下，老板娘带着正崎走在走廊上。

赤坂的"金月"，如今已是数量稀少的高级日式餐厅老店之一。在过去经济飞速发展的时代里，仅在赤坂就坐落着鳞次栉比的六十家高级日式餐厅。然而随着经济衰退，泡沫经济崩坏，餐厅只接待阔绰大主顾的盈利模式就失了灵，从过去一直营业到现在的餐厅数量骤减至个位数。不过即便如此，这样的餐厅依然被一些人需要着，尤其是长年生活在赤坂、溜池山王、永田町交界处的人。对这些人来说，高级日式餐厅可以称得上是他们的"职场"。

老板娘在写着"仁和间"的包间前停下脚步，朝包间里打了个招呼，而后安静地拉开拉门。

"你来了啊。"

房间里的原众议院议员野丸龙一郎意味深长地笑着说。坐在他对面的是法务事务次官濑黑嘉文。

正崎走进日式包间，双膝点地跪坐下来。房间里的餐桌下面挖空成坑，配有木质无腿座椅。整个房间面积并不大，却很有古色古香的意趣。正面有年代感的拉门上绘有烂漫的樱花。正崎心想，包间叫"仁和间"，那拉门上画的大概就是仁和寺的樱花了吧。

"这种时候就别那么拘谨了，坐吧。"

野丸指了指椅子。正崎如他所言，大大方方地落了座。野丸比正崎年长，且就新域构想一事来看，他在某种意义上还是正崎的合作伙伴，不过归根结底，两人间就是政治家与检察官的关系，野丸既非正崎上级，也非正崎下属。

"阳麻的工作表现怎么样？"

一旁的濑黑事务次官问正崎。

"她非常优秀。"正崎述说着事实，"比我之前搭档的任何事务官都更加出色。遗憾的是，她不太待见我。"

正崎回想着五分钟前发生的事，说出了这些话。事务官开车把正崎从特搜部送到了这家餐厅，抵达餐厅后，她一言不发地又开车回检察厅，似乎已经察觉到了正崎要见的人是谁。

濑黑次官了然一笑。

"真对不住，那孩子向来就眼里容不进沙。"

"这不是她的错。"

野丸扑哧一声笑了出来。"你说得对，是我们越界做了不合法理的事。一般人知道了这些都会退缩。"

正崎无视野丸的话，他没心思陪野丸调笑。野丸见他如此反应，也有所察觉。他放下酒杯，结束了闲谈。

"斋开化那边怎么样了，抓人有困难吗？"

"有。"正崎坦率地答道，"斋开化此前的行动都遵守了恰当正确的程序。条例也好，选举法也好，他做这些的时候都没有打破安全线，让我们无法当即实施逮捕或起诉。"

"查到他的落脚点了吗？"一旁的濑黑发问道。

"还没有。起诉名目立不住脚，妨碍了我们展开大规模调查。"

正崎平静地陈述道。警署和检察厅都是必须依法行动的调查机构，在不清楚违法事实的情况下，他们的行动会受到限制。正崎如今有一定程度的行动自由，是因为他有"斋开化事件专职调查员"的隐性身份，而特搜部的多数检察官都尚未就这一重大事件展开行动。守永今天没来这个地方，就是因为被"对外人员"的身份牵绊了脚步。

"当然了，如果时间再多一点，我们或许就能掌握确凿证据，正大光明地展开调查行动。不得不说，想在三两天的时间里抓捕斋开化是非常困难的。"

"我们确实落了下风。"野丸开口道，"斋开化做了万全的准备，我们的措手不及也在他的预料当中。昨天的选举法宣言也如他计划的那般公布出来了。不过，选举法恰恰是他最烂的一步棋。"

正崎看向野丸。野丸意味深长地笑了。

"那个毛头小子似乎是想和我在政治上一决高下。"

"他不是你亲手'打造'的政治家吗？怎么可能敌得过你呢？"

正崎故意出口讽刺。斋开化是野丸等人为推动新域的大型社会制度改革而有计划地创造出来的新域域长。他年轻、光鲜，是市民们狂热支持的象征符号，是野丸等人为创造出这样的符号而推出的傀儡领袖。

"斋开化确实有煽动民心的能力。"野丸拿手指敲击着矮桌，"可选举法宣言公布后，这样的能力就不复存在了。民众的热情总是随波逐流，非常敏感，细微的一点风吹草动都能改变他们的心意。斋开化的痛苦解除条例显然走了极端。他太过独断，先前通过域长选举不断积累起来的口碑会因为这件事完全逆转，他的声望正在走向负面。本应是民心所向的斋开化如今已经完全沦为了大家声讨的对象。他还年轻，不知道国民的情感有多么脆弱善变。"

野丸的话令正崎感到沉重。四十年来利用、欺骗民众，玩弄人心，最后还当上执政党干事长的经历，使这个男人的话语充斥着强烈的自负。

"选举法宣言一出，形势就变了。我们一开始不知道斋开化会如何行动，因此才拜托守永和你尽快将他逮捕。不过，接下来要是在议员选举上迎战他的话，我们就没必要那么着急了。"

"你的意思是，你们准备通过选举击溃斋开化？"

"明天，我会宣布参与域议选举。"

正崎微感惊讶。

"选举是我们的专长，斋开化在这上面讨不到半点好处。如果能在公开场合将他击败，之后就能利用权力任意打压他。失了民心的政治家形同无物，新域的掌舵权将再次回到我们手里。"

野丸眯起眼睛，那副神态一看就知道是正在大脑里描绘着全新的蓝图。

以前处理特搜部事务的时候，正崎也曾与政治家打过交道。和他们比起来，野丸就是正崎最不想接触的那一类人。他精于算计，同时又有野兽般敏锐的感知能力，是最不好相与的一类政治家。

"当然，我们还是希望你们继续调查斋开化这个人。"一旁的濑黑说，"如果能在选举过程中逮捕起诉斋开化，我们就赢得更早。"

"我会用我最擅长的方式对付他。"野丸对正崎说，"你就用你的方式去做。我们从政治和法律两个方面双重夹击，斋开化必定在劫难逃。"

"政治我不懂，就交给你了。"

"正崎检察官，政治其实并不复杂。"野丸伸手拿酒杯的同时开口说道，"你知道什么叫'政治'吗？"

正崎思考起野丸的问题来。这个词他本该非常熟悉，可被人以如此正式的口吻询问时，脑中浮现出的却只有一片模模糊糊的影子，无法明确地答出政治的含义。

眼前的政治家代替正崎作答了：

"就是统一人与人的意志。"

时钟上的指针逼近凌晨十二点。

回到特搜部的正崎待在办公室里攻读六法全书。今天找管理官聊过后，估计明天调查小组的人员就会全部到位。人手多了，能做的事情也就多了。不过在人手增多前，正崎还有一些事情要提前做好。

他的视线追逐着书页上挨挨挤挤的小字，眼前渐渐有些模糊。正崎抬起头，按了按眼角，含在眼皮里的眼泪浸润了眼球。再度睁开双眼的时候，视野清晰了许多，这次换成大脑停止了活动，无法集中精神。

他的视线往下瞟，看到坐在旁边的濑黑事务官正忙着工作。

正崎能专注于自己的工作——学习思考法律知识，全都得益于濑黑一手包揽了所有的事务性工作和其他杂活。眼下濑黑依然一人承担了一般情况下需要两个事务官才能完成的工作量，可即便如此，在她身上却丝毫看不出本应存在的慌乱与焦躁。她纤长的手指在键盘上跳跃，犹如一位正在演奏的钢琴家。黑色的键盘映衬着她白皙的肌肤。

"怎么了？"

濑黑抬起头问。

"没什么。"正崎掩饰着内心的慌乱，"你和事务次官是同一个姓氏，每次叫你的时候总觉得有点奇怪。"

"请您尽快习惯。"

濑黑干脆而冷淡地把正崎的话堵了回去，而后再次埋头到自己的工作中。话头被掐断后，房间里笼上了一阵沉默。正崎感到懊恼，正准备打起精神投入工作中时，濑黑叫住了他。

"怎么了？"

濑黑指着自己的电脑屏幕，对正崎示意。

"这是目前有关域议选举的一个热门，和斋开化没有关系。"

正崎起身走到濑黑身后，看向电脑屏幕。

屏幕上显示的是他早已熟知的视频网站。濑黑点击了三角形的播放标志，视频开始播放。

画面里出现了一个人的半身像，那人用面具遮住了脸。面具像是夜市上售卖的英雄假面一类的东西。从面具的尺寸以及那个人露出的脖子，肩膀等部位来看，正崎判断视频里的人应该是一个孩子。

"我叫太阳。"

看上去像是小学低年级生的孩子拙劣地报出了自己的名字，不知道是真名还是网名。他是个男孩。视频接下来讲述的内容，任何大人看了都会心生不忍。

男孩的父母准备遵照条例实施自杀。

男孩想阻止，可他只是个孩子，什么都做不了。

这是个即将失去家人的孩子发起的网络求助。

视频放了两分多钟后就结束了，画面上再次出现了三角形的播放标志。正崎微微沉下脸。

"看上去是个普通孩子上传的视频，不过因为内容过于劲爆，目前已经在网络上掀起了热议。"

濑黑说道。正崎想，这样的内容确实有引爆网络的资本。

不过视频传递的信息本身已经不足为奇了。

存在痛苦解除条例的社会，就是这样一个社会。在这样的世界里，为人父母也好，为人子女也好，任何人都拥有自由行使死亡的权利。斋开化的宣言使得这样的世界正在逐步走进现实。如果条例得到了普遍认同，那么类似的视频，以及置身于类似境地中的孩子，今后还会不断增加。

濑黑语气生硬地说：

"截至今日，自杀者总数已经达到了四百三十六。"

正崎只回了句"知道了",然后回到了自己的座位上。现在不是为死亡人数哀悼的时候,这不是正崎要做的事。

他要做的,是抓住致使这个数字还在不断增长的元凶。

翌日,正崎和濑黑又一次到访警视厅。两人乘电梯上楼,来到刑警部所在的六楼,他们走出电梯,此时电梯对面的门恰好也开了。正崎看到走出来的男人,停下了脚步。男人迈着无精打采的步伐走到正崎身边。

"早。"

多摩警察署警部补[1]九字院僾像是看到了每天都要碰面的同事那样,漫不经心地打了个招呼:

"我在等你。"

正崎脸上自然而然地浮现出笑意。

九字院和正崎认识没多久,两人初次见面距今还不到一个月。然而近几周,在共同追查非公开新域构想引发的一连串事件的过程中,正崎已对九字院倾注了百分之百的信任。他对九字院怀有一种近似于战友一般的感情。不过即便如此,他也没想过要把自己的后背托付给九字院。

九字院这个人非常"独立"。

---

1 警部补:警官的职级名称。地位介于巡查部长与警部之间。

他会凭自己的能力，在自己的地盘上完成自己的职责。他一个人战斗，不依靠任何人。所以，正崎没有必要特地与他并肩作战，两人在自己的领域里自由地各自战斗就够了。

这个人就算不在自己的视线范围内，也一定不会有事。

对正崎来说，这就是最重要的事情，也是他对同伴最大的期盼。

"饶了我吧。"九字院略过了正崎的喜色，张口就是句扫兴话，"被总部叫过来，想跑都跑不了了。"

"回绝也没事。叫你来的人是我，你知道的吧？回绝了也不会影响你往后的发展。"

"就是知道我才来的……毕竟你朋友那么少。"

正崎苦笑。九字院说的确实也没错。

"我是不是白操心了？"九字院看向濑黑，"你怎么还带着这么个大美女。"

濑黑行了个挑不出一丝纰漏的礼，同时报上了自己的职务与姓名。

"真像个模特呢，怎么跑来做事务官了？"

"不好意思。"濑黑平静地答道，"看起来像偶像艺人的警察好像没资格这么评论我。"

正崎溢出一声笑。确实，九字院当的是刑警，可那张脸却纤细俊秀，就像杰尼斯事务所的偶像艺人。听濑黑这么形容自己，九字院不知所措。

"你瞧，这个姑娘嘴巴真厉害。"

"她一个人抵得上五个文绪，或许还能抵十个。"

"那还得看你觉得文绪能抵几个人吧？"

看到两人互相调笑，濑黑微微有些惊讶。九字院是如今唯一一个能像这样与正崎谈论起文绪的人，而正崎看起来也很高兴。

三人一同走在警视厅的走廊上。

"对了，"九字院开口发问，"你那边有头绪了吗？"

正崎坦诚地说：

"还没有。"

摆放着桌子的警视厅会议室，就是正崎一开始和寅尾管理官见面的地方。眼下，寅尾管理官坐在正崎旁边，另一边坐的是濑黑，她打开笔记本电脑，准备做会议记录。

正崎对面是坐得整整齐齐的二十四名刑警。

从各课抽调过来的警察，年龄在二十多岁到五十多岁不等，人数比当初预计的还要多几个，看来寅尾管理官在调人上也尽了最大的努力。这个人数还够不上"调查总部"的名头，不过考虑到此次事件的特殊性，也只能如此了。

正崎的视线从二十四个人的脸上一一扫过，心里有种与稀少的人数形成鲜明对比的安心感。寅尾召集来的每个人脸上都透露出他们各自的特点，给人一种说不清是好还是坏的"独立"感。

"我是东京地方检察厅特搜部的正崎，在调查小组里担任总部派遣检察官。"

正崎说完后，濑黑和寅尾也相继和调查小组成员打了个招呼，随后就开始介绍目前的调查情况。走到这一步之前最大的难关，寅尾已经替正崎解决了。

非公开新域构想，这是个包含了众多违法行为的选举阴谋。在了解其背后的一切之后，还会有人愿意加入到针对斋开化个人展开行动的调查小组吗？——这就是特别调查小组成立之初面临的最大难关。

当然，除了检察官的正常权限之外，正崎还得到了特搜部部长守永与法务事务次官濑黑的授权，他完全可以隐瞒实情，指挥警察为自己所用。然而可以预见的是，如此一来，调查小组就无法真正发挥力量。把人当牛马驱使，最终能得到的也只有牛马的力量。为人的人才能发挥出最大的力量，人数稀少时就更是如此了。

寅尾管理官为正崎实施自己的方针贡献了重要力量。

他从警视厅刑警部所属的几百个人当中，精挑细选出了能够保守幕后秘密的人才。当然，这其中肯定还有些人尚不能完全接受自己听到的内幕。能够说服这些人，并将他们拉入调查小组的阵营中，也完全有赖于寅尾的声望。能与难得的人才并肩作战，一股感激之情在正崎心中扩散开来。

与之相对的是，濑黑事务官似乎有些排斥对调查小组全员道出内幕。从濑黑的角度上看，她应该很乐于详细说明一切隐情，现在受命参与的事项范围逐渐扩大，似乎令她感到嫌恶。濑黑自己似乎都没有完全意识到自己眼下的心境。正崎觉得，要是时间允许，濑黑也应该出来谈谈新域构想，不过直到最后会议结束，他也没能抽出这个时间。

寅尾管理官介绍完了整体情况。

正崎接过话头。他站起身，直面自己手下的搜查小组成员。

"特别搜查小组的目的是逮捕新域域长斋开化。"

正崎用带头人的口吻说道。现场没有人表现出不满，所有人都懂得恪守职责和遵从指令。

"为此，我们的工作有两个重点。一是弄清楚目前隐匿行踪的斋开化究竟藏身何处，二是明确斋开化的具体罪状。我们人力不足，时间紧急，希望大家能够发挥出眼下的最大能量。一线的直接指挥员就由寅尾管理官担任。"

正崎看向寅尾。寅尾面上的表情一如往常般温厚，他点点头站起身。

"说一下分队情况。警视厅人员分为两队，一队主管搜人，一队主管罪状。首先是搜查队，警部补斋藤和巡查长志村搜查机场和交通枢纽；警部补葛西和巡查部长阿牧调查手机、通话记录；警部补中藤调查银行和信用卡交易记录。"

寅尾用惯常的口吻下达着一个又一个指示。刑警部对搜寻潜逃人员一事早有了自己的一套经验。

搜查队的任务分配完毕后，队员中有个人举起了手。长相瘀气的刑警看着正崎发问道：

"既然得到了特搜部的协助，那我们很快就能拿到强制搜查证之类的证明了吧？"

"适用于主要场所的证明已经准备好了。"

濑黑拿出事先准备好的二十来张纸，放到了桌上。发问的刑警一下就被震住了："啊，谢谢。"

"接下来是罪状队。"寅尾接着说。

"具体的罪状是什么？"

有人提出了问题。发问的是调查小组里一个相对比较年轻，看起来憨厚老实的男人。正崎早已记熟了从寅尾那里拿到的调查人员资料。提问的人是个年轻的巡查长，名字叫音无。

"第一是教唆自杀。"正崎代替寅尾答道，"六十四人从新域政府的办公大楼楼顶跳楼自杀了，希望大家找到斋开化迫使或命令那些人自杀的证据。"

正崎盯住提问的音无说：

"六十四是个很大的数字。即便线索只在这六十四个人身上，信息量应该也是非常庞大的，何况这还是迫使人自杀的事件。想让一个人立下死志，就不可能不留下一点证据，一定会有线索。"

"可是，假如，"音无不安地说，"斋开化并没有教唆那些人自杀，他只是把有自杀念头的人集结到一起呢？"

正崎很清楚音无想表达什么。看过那则转播视频的人这么想也情有可原，毕竟从跳楼的人脸上完全看不出任何受人强迫的表情。

"如果是这样，那斋开化就没有教唆他人自杀，或许也不存在什么证据。"

"有这种可能性。"正崎的目光落回到手边的文件上，"要真是这样，那就得另辟蹊径了。"

"另辟蹊径？"

音无脸上现出期待的神色。就在这个时候，身边响起一个声音。

"那就拜托您了哦。"说话的人是九字院，"您是特搜部的检察官，在立案起诉这方面肯定比我们这些人专业得多。"

正崎点点头，音无心下会意，没再继续问下去。不安的神色从他脸上退散消失。寅尾继续给众人分配任务。

正崎在心里感谢九字院。九字院显然是感受到了他眼下的处境，帮他找了个台阶下。正崎暗暗吐出一小口气。

他没有别的路可走。

要是找不到教唆他人自杀的证据，他很难立案起诉斋开化。

站在正崎的角度上，他可以捏造一个小小的罪名，以其他的名头发起逮捕及起诉，如此一来就能暂时扣押斋开化。

可如今，这起事件已经受到了过于广泛的社会关注。

眼下，整个日本，乃至整个世界都密切关注着斋开化和新域。在这种情况下公然捏造罪名，一定会引发舆论。极端情况下，哪怕斋开化真的犯了小错，罪名属实，正崎那时可能也会无从下手。

所以，现在他必须找到证实教唆自杀罪成立的证据。教唆自杀本就是重罪，与此同时，正崎还能借此从根本上动摇斋开化提倡的思想。一旦证明遵循条例自杀的人其实并没有真正盼望着死亡，斋开化就会失去一切支持，被迫下台。

"先从能下手的地方做起，大家加快行动！"

寅尾话音刚落,警察们就三三两两地起身飞奔出了会议室。九字院也晃着手,目不斜视地奔赴自己要去的地方。

会议室接下来会继续作为调查小组的据点发挥作用。现在房间里只剩下正崎、寅尾、濑黑,以及先前提过问的刺头调查员。他的职级是警部补,名叫筒井。

桌上放着几张照片。

筒井拿起照片仔细地观察着。

"你是说,她们都是同一个人?"

"我想请你调查这个女人。"

正崎说。筒井是从暴力犯罪调查六部抽调过来的警部补,专门进行性犯罪调查。

"如果你刚刚说的是事实,那这个女人确实很不简单。嗯,她叫……"

正崎说出了那个让他恼恨的名字。

"曲世爱。"

正崎把性犯罪方向的人借调过来,就是为了专门调查这个女人。他把自己当下掌握的所有信息都共享给了濑黑、寅尾以及筒井。

斋开化身边有个女人。

那个女人是新域构想计划的一环,参与了与之相关的政治活动。她俘虏了不少男人,所有男人都为她疯狂。

与女人有过接触的因幡医生、奥田事务官,还有文绪都主动结束了自己的生命。

这个女人就是曲世爱。

说实在的，正崎给出的信息很少，而且所有信息都模糊不清，让人摸不着头脑，思维正常的人听了都会觉得不可置信。正崎手头有的只是守永的转述和业已发生的事实，除此之外再无其他。文绪和奥田身上究竟发生过什么，如今还是未解之谜。

正崎也曾深深地纠结过，不知道是否要在这种不确定的情况下，在某种意义上来说甚至还透着些虚渺的事情上，分配少数人员去做调查。

可他终究还是做不到视而不见，最后就像这样，拨出了一个人充当专职调查员。

听完来龙去脉，筒井眼神微变，他用沉静的视线再次仔细对比起照片来。单看外表，筒井就像个小混混一样，可他似乎并不仅仅是一个神经大条的武夫。

"女性的性犯罪罕见吗？"一旁的寅尾问道，他在这方面是个完全的门外汉。

"比例很低，但还是有的。"筒井答道，"不过，如果只是女性主动引诱，男性顺水推舟的话，任何一方都不算犯罪。要说是女性强行威逼，这在体力、物理条件上会有些牵强，要是放到中学生身上，这种事或许也不是办不到。"

筒井重又看了遍手中的资料。

"情况我已经了解了，这件事我会查清楚。找谁汇报呢？"

"寅尾管理官。如果可以的话，请同时也直接向我汇报。"

正崎给了筒井自己的手机号。筒井边看资料边离开了会议室。至此，调查小组配备的人员已全数出动。

身旁的濑黑事务官一直一言不发地敲打着会议记录。正崎没敢往她那边瞧。这和濑黑没什么关系，问题出在正崎身上。正崎觉得，濑黑似乎对自己的安排颇有微词。

他感到愧疚，因为他自己也觉得，这次的调查行动并不合理。曲世的确是关键人物，可正崎心里非常清楚，眼下应该把重点放在斋开化身上。然而即便心里清楚，他也没能照着这一点展开行动，怎么都绕不开梗在心里的结。

优秀过人的事务官恐怕对一切都心知肚明，故而噤口不言的吧。这又进一步加深了正崎内心的愧疚。

正崎吐出一口气，收拾好情绪。指令已经下达出去了，为既定的事情后悔徒劳无益。

"虽然规模有点小，调查总部也算是就此成立了。"寅尾说，"我继续在这里坐镇指挥，你呢？"

"我先回检察厅汇报下情况，然后再过来。我们也会参与调查。"

寅尾微微有些吃惊："人手确实不够，可检察官去一线调查取证，这也实在是……"

"一线工作也在我的专业领域之内。我是主攻搜查的检察官。"

"啊。"

"在你看来，我大概是个弱不禁风的家伙。"正崎微笑着说，"可

巴 比 伦
-死亡-

别小看我，怎么说我也是特搜部出身。"

听正崎如此说，寅尾先是愣了一下，接着就笑了。一旁的濑黑似是在强压嘴角。我是说了什么好笑的话吗？这么想着，正崎神情严肃地歪了歪头。

"不是啊，正崎检察官。"寅尾道出缘由，"你的这个面相，大概是咱们调查总部最像刑警的人了。"

BABYLON III

调查总部成立已有三天，可就算往好听了说，也断然说不出调查行动有所进展这种话来。

　　开始调查前，正崎已心中有数。他估算了找到两样东西的可能性。

　　那就是斋开化的所在和他教唆他人自杀的证据。

　　有关教唆他人自杀的证据，正如正崎在调查会议上所说，他们一定能够发现一些东西。政府大楼的自杀者多达六十四人，既有十几岁的年轻人，也有老人。想控制这些不堪敲打的人，还要完全销毁证据，那几乎是不可能的。让人走到自杀的地步一定有个过程，并非是一蹴而就的。正崎认为，只要往下深挖，就一定能找到相应的证据，成功的概率有八成。

　　对于寻找斋开化一事，他的态度又截然不同了。正崎觉得，七天的时限可能过于苛刻。人海战术是找人的基本方法，也是终极武器，然而眼下这个情况，正崎没法采取这一最佳方案。但凡有逮捕斋开化的正当理由，他就能以警察组织的形式进行搜查，但是目前，他连其罪证都还没有落实，只能出动调查小组的二十几个人。凭这些人手，想在七天内把人找到实在是希望渺茫。就算斋开化自己露了马脚，找到人的概率或许也不足两成。这是正崎预先做出的判断。

而现实情况比他预想的更为严峻。

正如事先预想的一样，搜寻斋开化的行动重重遇阻。要在整个日本找一个人，范围实在太大。只要真想隐匿行踪，藏起来的一方显然会占优势。何况二十多人的调查总部又被分为了两组，只靠搜查小组寻人，恐怕都不能把监控视频完整地看一遍。

而比搜查小组进展更慢的，是罪状小组，这完全颠覆了事先的预想。

从新域政府大楼跳楼自杀的六十四个人的身份，早在调查总部成立之前，就已通过当地警察的初步调查弄清楚了。因此，调查工作启动十分顺利，接下来应该就只剩下梳理自杀者的日常活动和人际往来，找出自杀者与斋开化一行人之间的关系这些事情了。

然而，所有人查来查去，却完全查不出任何指向教唆自杀罪的证据。无论怎么追查邮件往来、通话记录、被害人日程安排、行动轨迹，都找不到斋开化一方出现过的任何迹象。询问被害人的家属和朋友，得到的回答也都如出一辙。

"没发觉他有自杀的倾向。"

"前些天都还好好的。"

这些回答，最后都以同样的一句证词宣告结束：

"他不是那样的人。"

摆放成四方形的桌子在会议室里圈出了两块区域。两个小组的调查员在各自所属的区域里死磕调查资料，表情都是如出一辙的严肃。

罪状组的一名成员站起来汇报情况：

"八成以上的自杀者都有一个共同点。他们都住在以新域政府大楼为中心，半径二十公里的区域范围内。"

正崎回过身，注视自己身后的白板。白板上贴了新域地图，自杀者的住处都用红圈标注了出来。这些标记从新域政府大楼附近起，零零散散地向外扩散开去。从分布情况来看，政府大楼西侧的标记相对较少，东侧更为集中。

"很多都在横滨铁路线周边啊。"寅尾管理官道出心中的疑问。

"可能是十六号国道。"正崎说。横滨铁路线和十六号国道从政府大楼附近并行延伸至町田，因此并不能断言标记究竟算分布在哪一边。

"从桥本站到町田站附近，横滨铁路线呈东南偏东方向，基本是径直延伸的一条直线。"调查员解释道，"十六号国道是相模原的交通动脉，沿途林立许多店铺和家庭餐厅。"

"剩下的两成自杀者是什么情况？"正崎问道。

"剩下的都零散分布在半径二十公里以外的地区。八人住在东京，三人住在神奈川，一人住在埼玉县。不过，这些人大部分也都在新域内上班或上学，其中多数都是位于横滨线沿线的樱花大学学生，以及相模原市政府的职员。樱花大学的学生有八人，市政府相关人员有十一人。"

"大学生和市政府职员……"正崎嘟囔道，"占了六十四名自杀者的三分之一啊。"

"这些人是因新域域法自杀的，学生等当地人占得比较多也是理所当然……"寅尾凝视着地图，开口说道，"只是，假设不存在教唆自杀，那他们是怎么在当地找出六十多个想要自杀的人呢，问题的关键就在这里。"

"所以，我们觉得肯定是有人暗中教唆……"汇报情况的调查员吞吞吐吐地说，"但是找不到任何证据。"

会议室陷入沉默。所有人都觉得可疑，却又摸不着头绪。

正崎再一次看向地图。他漫无目的地盯着聚集在政府大楼东侧的一片标记，陷入了沉思。政府大楼以西没多远就是津久井湖和山区，住宅少没什么可奇怪的，可他就是感觉哪里不太对劲。

正崎转向汇报人。

"查到他们自杀前的行动轨迹了吗？"

"大概掌握了几个人。要查所有人的吗？"

"能查多少查多少。我需要你们详细调查七月一日当天，他们在下午两点半现身新域政府大楼楼顶之前，都去过什么地方。"

"原来如此。"寅尾说，"你是觉得他们自杀前可能在什么地方集合过吧。在那里或许能找到他们和斋开化一方有过接触的线索。"

正崎点点头。寅尾所说的当然也在他的考量之中，不过与此同时，他还想到了另一个可能。

"了解。"汇报人说完，立刻招呼起了同组的其他人。谁都想打破现阶段停滞不前的状态，但凡有办法能推动调查进展，所有人都会提起精神投入进去。

"方针保持不变。请大家继续调查。"

正崎面向全员说道。寅尾接过话头补充道：

"大家要在保证按时休息的同时，极力用好剩下的时间。解散！"

调查员们四散离去。正在此时，正崎怀里的手机响了。他看看手机屏幕，是独自展开调查的筒井打来的。

"喂，正崎先生吗？"

"是查到什么了吗？"

"嗯，查到了一些东西。"筒井说话的语气仿佛是在朗读着什么一样，"先说曲世的家人。她在栃木老家同住的家人都去世了。父母、祖父母都不在了。"

正崎微微蹙起眉。他多少预料到了这样的情况，但是真的听闻线索断掉的消息后，还是不由得心生气馁。

"另外，我去曲世在当地上过的学校打听了一下。听说她上中学的时候出过一件小事。"

"什么事？"

"具体情况还不清楚，好像是同学之间起了纷争什么的，之后的一段时间经常来往医院。哪家医院是查到了，可惜已经停业。接下来怎么办，这边还继续调查吗？"

正崎稍作思考，而后答道：

"接下来由我们接手吧，我们有门路。"

"知道了。"筒井说完，挂断了电话。

打电话时，坐在旁边的濑黑一直默默无语地敲击着键盘。正崎甚至觉得，她敲击键盘的声音有点太大了些。他告诉自己是错觉，甩开了心头的思绪。

正崎走进特搜部部长办公室，坐在待客沙发上的守永"嗯"了一声，拿出便当盒。正崎在他对面坐下，接过了便当盒。他本来还期待着能捞到一顿高级的豪华便当，结果大失所望，拿到手的只是办公楼一层餐厅的外卖便当，就几百日元。

"胃疼的时候还吃什么豪华便当，吃了也是浪费。"

正崎低下头掰开筷子。守永脸上的疲惫显而易见。深受守永青睐的办公桌上零乱地铺着好几张报纸和中缝装订的杂志。通过报纸、周刊杂志、八卦杂志等收集信息是特搜部部长每日的固定工作之一，然而轰动社会的新闻层出不穷，恐怕写的人和看的人都不堪忍受了吧。

"现在都在报道这个。"

守永用拿着筷子的手指向电视。傍晚的娱乐综合节目正在播放一段网络视频，配上了夺人眼球的字幕。前几天濑黑事务官给正崎看过

这个视频，是一个孩子的求助视频，他的父母有自杀的念头。

守永拿起遥控器换台。他换了两次，电视里放的依然是同样的内容。配上了"匿名儿童 极力控诉""幼童的悲呼"等煽动性文字的网络视频，几乎分毫未改地出现在面向全国的电视频道里。这段由孩子上传的视频涉及独占国内话题热点的痛苦解除条例和域议选举，内容又尤具冲击性，媒体没道理不紧咬不放。

视频放完了，镜头切回演播室。主持人竖起了写有自杀者累计数量的标牌。

那个数字至今还在逐日增加。

"舆论全是要求废除那个条例的。"守永嘟囔了一句。

"那当然了。"

"事到如今，要是还有人支持那个条例，那才叫反常……"守永啜了口茶，"可能还有极少数的支持者，只是已经完全淹没在了人群中。自从这段视频出现后，整个日本都统一了口径，宣称反对痛苦解除条例。"

"网上也是一样的反应。"

正崎刚刚还看过网上的民意调查。由于看了视频的反对派人数以压倒性的趋势攀升，原本占百分之三还是百分之四的赞成派所占比例降低，跌到了百分之二。

"照这样发展下去，野丸就要在域议选举上大获全胜了吧。"

"话说回来，斋开化会不会已经有了能拿到大半票数的候选者人选？"

"不会的，不过眼下还有时间。他推出选举法时，肯定也考虑到了这一点。"

守永站起身，在桌上的报纸里搜寻一阵，拿出其中几份递给正崎。正崎接过报纸，浏览起最上边的两个版面，上面刊登的是对选举法的详细分析。

"按新域选举法规定，投票日零点之前均可报名竞选。"

正崎了悟，原来如此。

通常的选举都只在公示日当天受理参选申请。如果受理时间截至选举开始前一天的话，斋开化就还有时间等待合适的候选人出现。

正崎拿出手机查看日期。今天是七月八日，域议选举在七天后的七月十五日举行。那也就是说，只要在剩下的六天时间里，让赞成条例的候选人增加到五十人以上，斋开化就还有一战之力。

"有了这样的制度，就不能提前投票了。"守永边往沙发走边解释道，"只能在当天的二十四小时内投票。"

"这场选举很有网络时代的特色啊。开票应该也会相当迅速。"

"方便是方便，但老人们最后大概还是得去投票点投票，利用网络的主要还是年轻人。"

正崎"嗯"了一声，陷入思考。这可能又是斋开化布下的重重准备之一。

以政治思想划分，斋开化颁布的条例并不保守，而是毫无疑问的革新。由此不难想象，相比老年人，它更容易得到年轻人的支持。然而，就算夸张点说，年轻人的投票率也是不高的。

在这一点上，网络投票就会发挥一定力量。在数字信息化时代里成长起来的一代人完全能够熟练地玩转投票系统，这大概也会成为引发年轻人投票率上涨的原因之一。同时，对不习惯使用电脑的老年人来说，网络投票没什么吸引力。投票系统虽然不会降低老年人的投票率，却也不会大幅提升这一群体的投票率。

最终，斋开化就能在不提升老年群体投票率的情况下，独独拉高年轻人的投票率，提高年轻人在整个投票群体中所占的比例。

对于革新派的斋开化来说，这无疑是对他有利的。

不过说句实话，在正崎看来，这种微末的安排就是杯水车薪。

"明确表示支持条例的候选人有多少？"

"一共十一人，有望当选的一个也没有，都是些连名字都没听过的无党派人士，要不就是借机起哄的人。"

一切尽在意料之中。赞成派想占领过半议席，还差了至少四十人。考虑到这一派属逆势而行，恐怕连是否能选上一个都犹未可知。

"即便如此，我们也不能掉以轻心。"

"形势如此有利，我们还要万分小心吗？"

"斋开化不会就这么袖手旁观。在接下来的六天时间里，他很可能会有所动作。当然了，即便我不出口相劝，野丸也会全力打压对方的。在域议选举这件事上，他早已拉拢执政党与在野党联合对外，构建了牢不可破的同盟关系。何况据他所说，他还留了一张王牌。"

"什么王牌？"

"具体是什么我不好问，不过野丸既然这么说了，那就肯定是必胜的法宝吧。"

"他已经拥有了压倒性优势，还是这么小心谨慎。"

"野丸能掌握我们不知道的事情。他当了十三届议员，在任三十多年从未落选过一次，他就是靠着操纵人心走到了现在。只要能赢得选举，他什么都做得出来。政治家可真可怕。"

守永的话里包含着唯有长年供职于特搜部的人才有的真实体会。正崎的资历尚不及守永，却也有着与守永完全相同的感受。对付政治家就像降妖除魔一样。要是以正派人的标准思考处理问题，就会被他们轻轻松松地碾死。

"总之，野丸那边没什么可担心的。"守永吃完便当，放下了筷子，"你那边情况怎么样？"

"目前还在走访收集信息。选举来临之前，我们得一直和时间赛跑。另外还有件事拜托您，我们需要 DF 室的协作配合。"

"就算我说不行，你也会擅自启用 DF 室吧。随便你了。"

正崎点点头，没说自己是先斩后奏。他五分钟就吃完了便当，给便当扣上了盖子。

"那我回调查总部了。"

"正崎。"正准备起身离去时，守永叫住了他，"你之前去过新域发起会的庆功宴吧。"

"是的。"

"那个时候，你也和斋开化面对面交谈过吧。"

正崎点点头，守永也同样点头回应。

"他也是政治家。"

"多加小心。"守永嘱咐道。正崎怀着前去降妖除魔的心理准备，离开了特搜部部长办公室。

电子锁从 DF 室的内侧打开，正崎对面生的工作人员点点头，朝着室内走去，料想那个人大概又如往常般蹲守在电脑跟前。

房间一角，身穿长袖 T 恤，一头长发的男人盘腿坐在椅子上，面对着电脑显示屏。

"三户荷先生。"

正崎在他身后打了个招呼。DF 室负责人，事务官三户荷勉头也不回地挥挥手，权当回了他的招呼。

"这是什么？"

正崎站在三户荷身后，看向他面前的电脑显示屏，上面是新域域议选举的在线投票网站。网站已经对外开放了，不过还没有开始投票。

"这网站做得不错啊。"

"你觉得哪里不错呢？"

"嗯，怎么说呢……很灵活？"

"我不太懂。"

"哎……真麻烦……该怎么和你说呢……"

三户荷面上一副实实在在嫌麻烦的表情，却还是把椅子转过来，面向了正崎。他有心解释这一点就已经非常难得了。

"怎么说呢，网络投票选举已出现在世界各地。日本国内虽然有利用投票处的机器进行过电子投票，但首次允许民众通过网络进行远距离投票的，还是新域域长选举。"

正崎拉过一把空椅子坐下来，三户荷继续说了下去：

"电子投票基本要委托外部的民营企业，这比国家或自治体自己运营要更加简便。民营企业本身有成熟的技术，最重要的是，这样一来权力就委托给了第三方，正合了选举的要求。这次的域议选举也把投票事宜委托给了大型企业。看到这个网站和投票项目，我想，对于这家公司来说，这可真是一次打破常规的大胆尝试啊。"

正崎也看向电脑界面上显示出来的网站，却看不出哪里有何不同。

"哪里不一样？"

"是该说简洁，还是该说中立呢？"

三户荷一副思来想去的样子，像是心里清楚，只是苦于找不到合适的说法。

"电子投票的关键点就是个人身份认证与信息安全，但这个网站并没有为此架构出超出必要限度的过多的保障。哎呀，我不是说这个网站不安全，应该说是没那么严谨吧？它没有死板地一味加强安全保障。"

"……网站不是就该保障安全性吗？"

"没错，不过这样一来也会出现操作不便、限制过多的问题，那它反倒成了缺陷。自以为是巩固，结果是摧毁。对对，这大概就好比疾病的预防和对症治疗一样，既不能为了预防疾病吃过量的预防药，也不能等所有症状都出现以后再看病治疗，要把握好中间的那个度。"

三户荷的视线回到电脑界面上，脸上浮现出纯粹的钦佩神色。

"你的意思是说，开发这个网站的人IT技术很好吗？"

"技术？可能是思想吧……这体现的是对待世界的态度。他没有试图掌控世界，而是相信即便什么都不做，世界也会走向正确的结局。"

三户荷说的话越来越难理解了，正崎露出不明所以的表情。他听的原本是技术问题，却在不知不觉间变成了哲学问题。

不过，在中止谈话前，正崎还有个问题想问三户荷。

"三户荷先生。"

"嗯？"

"这次的域议选举，电子投票环节会不会存在可供不当操作的漏洞呢？"

正崎不懂其中的技术门道，不过这件事他无论如何都想弄清楚。

斋开化的网站有没有可能通过某种方式操纵电子投票结果呢？

他是否能通过这种手段赢得选举？

"有啊。"三户荷轻描淡写地说，"没有一种系统是百分之百安全的。只要技术水平超出管理方，你就能在选票上做小动作。只不过，这种操作无疑有很大的难度。管理方也是专业人才，想要瞒天过海没那么容易，再说选举结果还和系统以外的因素有关。"

"系统以外？"

"普通的线下投票，还有投票情况调查，等等。"

三户荷打开了一个新页面，那是一家门户网站的民意调查，正崎以前和半田一起看过。受斋开化颁布选举法的影响，上面的投票数又涨了不少，不过各选项占比没有发生显著变化。

"这场选举如此广受瞩目，投票日当天各家媒体大概都会竞相报道，还会调查投票情况。要是大肆篡改电子投票结果，它就会和实时报道的投票结果产生很大的出入。也就是说，操纵选票的余地应该是极其微小的。"

三户荷指着电脑界面。

新域的痛苦解除条例——[赞成] 1.9%

"把不足百分之二的比例篡改为百分之五十是不可能的，就算真的改了也会败露，差得太多了。"

正崎看着界面，点了点头。三户荷说的确实没错。

舞弊终究是暗地里操作的行为，一旦败露就经不起推敲。结果若是明显脱离了舆论与局势，就会受到质疑，如此一来，相关机构就会启动正式调查，投票舞弊的操作则会即刻浮出水面。

"票数管理工作大概不会很严谨。"

"为什么这么说？"

"网站就是照这个策略建起来的嘛。"

三户荷断言道，而后继续盯着域议选举的投票网站。他对自己的看法似乎有着十足的信心，然而他所用的语言与正崎不在一个层次，正崎无法理解他所表达的意思。

"话说回来，三户荷先生。"正崎放弃了深究的想法，没再继续闲聊下去，他终于亮明了来意，"我拜托你的那件事……"

"给。"

三户荷看都没看他，随手递过一个 U 盘。

"有点远啊。"

"你说哪里？"

"山科。"

东海道新干线车窗外，一片片田地从眼前飞速掠过。清早的车厢里坐满了前去关西方向上班的人。列车预计十点左右抵达京都站。

从三户荷手里拿到 U 盘的第二天，正崎与濑黑事务官共同奔赴位于京都东部的山科。两人并排坐在双人座上。濑黑坐的是临近过道的位置，她在座位上打开笔记本电脑，整合梳理着此前搜集到的所有信息。正崎也同样专注地看着自己的电脑界面，电脑上插了三户荷给的 U 盘。

"是个很大的文件吗？"

濑黑从旁瞥了一眼，开口说道。大概是因为看正崎插了 U 盘吧。如果文件不大，用邮件发过来就行了，没有必要特意给一个外接硬盘。

然而正崎否认了：

"不是大文件，是'不好的'文件。"

"不好的文件？"

"这是我请 DF 室的三户荷事务官帮忙找到的东西，里面有一些无法通过普通手段拿到的内容，必须小心对待。"

濑黑微微皱眉。"具体是什么样的内容？"

"特定的个人信息。"正崎淡然答道，"个人在学校与医疗机构的就学就诊记录、银行卡信息、信用信息。这是请三户荷事务官搜集来的信息，有一些超出了特搜部的权限。"

濑黑脸上浮现出迷惑的神色，不过那并不是对通过违法手段搜集信息之举的嫌恶，而是与之有别的困惑。

"那些信息，"濑黑似是试探一般低语道，"是关于'曲世爱'的吗？"

"没错。"

正崎盯着电脑界面，打开的文本是某个特定个体的就诊记录，最上面记载了记录持有人的名字。

曲世爱。

"我说句实话，"濑黑眯起眼低声道，"让人，让男人成为自己的俘虏这种事，还是让我难以置信。"

"我也没办法相信这一切。"

正崎答道。

"可我们必须摘掉有色眼镜，思考这些真实发生的事情。三个人自杀了，就连怎么看都不像会自杀的人，也自发地结束了自己的生命，而这三个人都和同一个女人有过接触，其中必定存在什么内情。"

正崎点了下触控板，屏幕上的记录滚动到了下一页。绵延铺陈开的医院就诊信息里出现了红色的标记，一共标出了十几行，是栃木县矢板市一家私人医院的患者就诊记录。

正崎又一次浏览起三户荷标记出来的部分内容。这是八年前的就诊记录，上面显示，从四月到九月的六个月时间里，曲世爱一直在定期接受诊治。从迄今为止搜集到的信息来看，曲世的年龄是二十三岁。八年前的她十五岁，差不多是上初中三年级。

文件显示，那家医院已经关门停业了，不过三户荷又往前查了一步。他查到了当时负责诊治曲世的医生的名字，那位医生现在在京都的山科开了一家诊所。

他是曲世爱的叔叔。

正崎立马买了新干线的车票。就这样，他踏上了前往山科的路途。

"至少在域长选举那会儿，她就已经把对投票有影响力的大人物收入了囊中。"

正崎继续向濑黑解释着，似乎也是在说服他自己。

一旁的濑黑有些难以启齿似的开口了。

"那个，她在为域长选举私下活动的时候……"

"嗯。"

"那个……就做过那种事吧。"

正崎知道濑黑指的是什么。"大概吧。"他说。

"那死去的三人……包括文绪事务官与奥田事务官在内，也都和她做过'那种事'吗？"

"不清楚。"正崎如实答道，"至于因幡医生，应该是和她有过那种关系吧。他们接触过很多次，野丸的秘书让她与因幡会面，应该也是出于那个目的。不过，至于文绪和奥田……"

正崎回忆着两人与曲世接触的情形，开口说道：

"平松绘见子，这是曲世曾经用过的化名。我们找她了解情况时，奥田曾与她共处一室约一个小时。也就一个小时而已，就算他们真的发生了那种事，难道仅仅如此就能让奥田对她言听计从吗？这实在是有点匪夷所思。曲世与文绪接触的时间更短。文绪在她住的公寓前盯梢过一段时间。追查那段时间的 GPS 定位，可以找到文绪曾短暂进入公寓房间的痕迹。"

"他进去了多长时间呢？"

"十五分钟。"

濑黑的眉蹙得更深了，像在竭力调动着自己的想象力。这件事与案件有关，濑黑必须客观看待这件事，冷静地加以分析，可即便如此，她大概还是无法挥去心头的那股嫌恶。正崎之所以能够保持平静，也仅仅是因为他比濑黑年长十岁，知道该以怎样的态度应对罢了。

"等等。"

濑黑若有所思地说道。她端庄的面容微微扭曲。

"正崎检察官，您该不会认为曲世爱仅凭一己之力怂恿了六十四个人自杀吧？对所有人都使了那套办法……"

正崎没有回话。更确切来说，是他不知该如何作答。

"这也太荒唐了。"

正崎没有回话，是因为他自己也觉得这种想法很荒唐。一个女人与六十四人发生性关系，并引导所有人走向了自杀，这种荒唐无稽的话，他根本就没法正儿八经地说出口。正崎知道，要真说了，听的人肯定会怀疑自己脑袋有问题。

然而，他无论如何都无法彻底舍弃这种荒唐的想法。正崎就是觉得，寻找指向教唆自杀罪的证据与调查曲世爱两件事之间有着千丝万缕的联系。

濑黑瞟了眼正崎。

"……为供参考，我想问您一件事。"

"好。"

"您说，您曾经直接讯问过曲世爱。"

正崎从电脑前抬起头。

"她给人的印象是什么样的？"

"这个啊……"

正崎回想起那次距今仅过去二十天的奇异讯问。

为获取证词，他一直没完没了地讯问那个女人。正崎试图讲述有关曲世的事情，然而和曲世交涉了二十四小时以上的他，回想起的却仅仅是对女人从头到尾都一成不变的唯一印象。

"一言以蔽之，"正崎对事务官搭档道出了她给自己留下的强烈印象，"她是个恶到极致的女人。"

正崎坐日本铁路琵琶湖线回到山科站，换乘京阪京津线，最后在御陵的车站下了车。这座距京都站六公里左右的城镇，与闹市中心区相比更为幽静。正崎看向车站牌。

"原来是念'minasagi'。"

"单独一个'陵'字也念'minasagi'。"濑黑补充道，"意思是天皇、皇后的陵墓。这里是天智天皇陵的所在地。"

"原来如此。"正崎应和了一句。他实实在在地叹服这位无所不知的事务官，不过想着就算出口称赞也不见得会讨对方喜欢，就什么都没说。

汽车离开主干道，驶入侧旁的小道后，迎面而来的就是一条绵延的上坡路。车子朝大文字山的方向开去，整座城市缓缓浮出它的面貌。

爬了五分钟左右的坡后，一块小小的招牌映入眼帘，白底上竖着写了"坂部诊所"几个黑字。招牌看着十分普通，完全没有积极招揽顾客的心思，放在那儿也就是让走到近前的人知道这是个什么地方罢了。

正崎来到诊所前，观察起诊所的全貌。这是栋两层建筑，多少有些陈旧了。门口边上写有诊所的看诊日，现在正是营业时间，再往下是看诊门类。

内科、儿科、神经科。

两人从诊所门口走进去，濑黑当先走向咨询窗口。趁她讲明来意的当口，正崎观察起诊所的内部环境来。

装修成木纹风格的候诊室比普通医院更有家的温情，里面还少见地摆了桌子。两个似是病患的老人正在闲聊，身旁放了装有茶水的纸杯。看起来并不只是家例行看诊的医院，还与当地居民有着紧密联系。

濑黑走回来，传达咨询窗口的答复。

"他们说等病人看诊结束后可以问话。"

正崎点点头，自己也在候诊室的椅子上坐了下来。

三十分钟后，两位老人看完病，正崎一行被带到诊所里间，沿路经过了三间看诊室。走廊最里边的房间上挂着"心理咨询室"的牌子。

心理咨询室也是同样风格的木纹装修。

柔和的光线透过蕾丝窗帘，从窗户倾泻进来，墙边的书架上井然有序地放置着专业的医学书籍。房间中央是一张细长形的木制桌子，两边各有两把椅子。正崎与濑黑在一边的椅子上并排坐下。

一人静静地将两杯咖啡放到正崎与濑黑面前。

"谢谢，不劳费心。"

正崎出声回礼，放下咖啡的男人仅点头致意，依旧沉默着在他们对面坐了下来。正崎一边回忆着之前搜集来的坂部的个人履历，一边观察眼前的本尊。

坂部藏主。

医生。日本精神神经学会精神科专业医师，精神健康指定医师。

曲世爱的叔叔。

坂部五十二岁的年纪，发间夹杂几丝白发，鬓角则是一片雪白。他眼睛很小，给人带来怯弱的印象，眼角的细小皱纹传递出一股沧桑感。这张饱经沧桑的面容，从先前起就一言未发，满布困惑之色。

"那个，"坂部医生小心翼翼地说，"你们说要了解关于小爱的事，具体是指……"

"涉及案件调查，我们不能说得太细。"正崎斟酌着开口说道，"目前，曲世爱小姐是此次案件的重要知情人，因此我们想找您了解一下她的情况，不过也就是用作参考，并不是说她与什么犯罪行为有牵连。"

"关于她的事情……"

正崎半真半假地拿话试探，借以窥视坂部的反应。这是为了缓解检察官到访给对方带来的紧张感，事先说给对方听的套话。

然而坂部依然深深地皱着脸，不见放松之色，怯弱也还停留在脸上。这么看来，他并不是因为检察官来访才感到紧张的。

那这个男人在害怕什么呢？

"您想知道关于小爱的什么事？"

"她的一切。"正崎紧咬不放，"可能会占用您一些时间，我们想请您把所了解的有关她的一切都告诉我们。"

正崎径直盯着坂部的眼睛。

坂部的额头渗出汗滴。

"我了解她的什么呢……"

踌躇一阵后，坂部放弃一般垂下视线看向桌子。这副样子落在正崎眼里，就像是审讯室里招供的犯人一样。

"那个孩子……"坂部低语道，"就是个'恶魔'。"

"我第一次见那孩子，是在她差不多七八岁的时候。"

"她是您哥哥的女儿吧，虽然姓氏不一样。"

"我哥哥是入赘女婿，那孩子随母家姓曲世。单单姓氏不同就罢了，那孩子还是从外面抱回来的养女。"

"养女？"

"哥哥一家没怀上孩子。她是助养团体带到哥哥家的，所以我只知她七八岁以后的事情。那孩子长得太漂亮了，当时把我吓了一跳。"

"您哥哥是做什么工作的？"

"他是法官，在宇都宫地方法院的支部工作，收入十分可观。由于工作的关系，收养孩子大概也很容易。"

"女方的工作是？"

"弓弦应该是家庭主妇吧……我不确定。毕竟都是十五年前的事了。"

"是过世了吗？"

"小爱来他们家没多久，她就过世了。"

"如果方便的话，还请您告诉我们她是怎么死的。"

"弓弦死于意外，她在山上失足坠崖了。茶臼山上风力很猛……"

"在那之后您哥哥就独自抚养女儿吗？"

"当时父母还健在，哥哥就回了老家，请父母帮着一起带孩子。哥哥对失去母亲的小爱倾注了全部心血。我当时在东京的医院工作，年末那会儿才回的栃木，就这样都能看出哥哥十分溺爱小爱。"

"可以告诉我们，您对年幼时的曲世小姐印象如何吗？"

"她是个不会笑的孩子。"

"她阴郁、内向吗？"

"不，就只是不笑而已。她既不畏缩，也不阴郁，说话玩游戏都很正常，就真的是完全不笑。那孩子长得实在是好看，简直令人心惊，从那个时候起就初现端倪。"

"初现端倪？您指的是什么？"

"能力、资质……先说点别的吧。差不多七八年前，我回到栃木，在矢板市开了家精神诊所。诊所经营良好，不过人手不够，我几乎没回过老家。在那之后过了很久，有一次哥哥打来电话，同一时间里，小爱的初中老师也联系了我。他们都说了同一件事，就是想请我给包含小爱在内的几个孩子做一次精神诊断。"

"精神诊断？"

"您是检察官吧……精神诊断和检察官熟知的精神鉴定、诉前鉴定不同。从精神神经科的角度来说，它是以精神治疗为目的的精神检查。"

"您哥哥为什么会拜托您做这件事呢？"

"说是发生了一起案件。"

"案件？"

"不过，我也不知道案件这个说法恰不恰当。要说是不是真的出了能称之为案件的大事呢，大概也没有。"

"……什么意思？"

"您接着往下听就明白了。来接受精神诊断的，包括小爱在内一共有八个人，都是十五岁的初中三年级学生。六个男生，一个女生，再就是小爱了。我马上就开始着手诊察。当我问哥哥和那个老师发生了什么事的时候，他们都缄口不言，所以我就准备在诊察时直接问那些学生。我想，问他们比问吞吞吐吐的哥哥明智多了。先说诊断结果吧，除了小爱以外的七个学生全都患有焦虑性神经衰弱。"

"什么是焦虑性神经衰弱？"

"老一点的说法就叫'焦虑症'，是对受过度焦虑折磨的症状的总称，那七个学生得的是 '广泛性焦虑障碍'。无明确焦虑对象，无特定焦虑来源的情况就属于广泛性分类。"

"您是说，他们被一种莫名其妙的焦虑感所折磨？"

"可他们自己却不这么认为。"

"嗯？"

"七个学生口径一致，全都表达了同样的意思。他们说小爱很恐怖，对他们做了很过分的事，侵犯了他们。"

"……是指强奸吗？中学时期的她……强奸了同一年级的男同学？不对，其中还有个女生。难道曲世连那个女生也一并强奸了？"

"她没有。"

"啊？"

"我也问了孩子们同样的问题，是不是被强奸，或被强行要求发生与之类似的性行为，然而所有人的回答也都是一样的。他们说'没有性行为''也没有与之相似的行为''她根本就没有碰过我'。我又问，那发生什么事呢？他们说是'和小爱聊过天'，仅此而已。"

"我不明白。明明没有发生过那些行为，为什么会说受到侵犯了呢……"

"我刚开始也是这么想的。这个年纪的孩子，装病的也为数不少，不排除他们有前言不搭后语地胡乱撒谎的可能。不过，唯一让我相信他们的，就是他们的症状。"

"什么症状？"

"只看检查结果，比起焦虑性神经衰弱，我感觉他们的症状和反应更接近 PTSD——创伤后应激障碍。这样就能解释他们为什么会出现类似强奸受害者一样的反应了。不过要确诊他们为 PTSD，就必须确定是什么给他们造成了心理创伤。而他们自己又说没发生过任何行为，所以我无法明确判定对他们造成伤害的对象是什么，只能定性为广泛性焦虑障碍。"

"究竟……发生了什么事啊。"

"为了找到答案，"坂部闭上眼睛，流露出不愿看、不愿回想的意思，"我对小爱进行了诊察。"

"那七个学生话里的意思，"坂部说，"很快就浮出水面了。"

正崎一时反应不及，眨了眨眼。

"您弄清楚了？"

"那一瞬间我就懂了。时隔两三年，当我在看诊室再次见到小爱时，脑海里就像雪崩一样，突然就明白了男学生们想表达的是什么。他们为什么解释不清楚呢？当然是因为解释不出来，那根本就无法用语言形容……"

说到最后，坂部的话音弱了下去。他像是鼓起全身的气力一样，再次开口说道：

"那天，小爱走进看诊室，我从病历上抬起头，看到了坐在正对面的她。就是那个瞬间，当时的我确确实实地，"坂部坦白道，"有了情欲。"

正崎有意克制，没多久还是忍不住蹙起了眉。

一旁做记录的濑黑也露出同样的神色。

"您是说，您对初中时的曲世小姐？"

"很荒谬吧？对方还是个孩子。"

"那个……"

"何况又是我的侄女。尽管她是养女，以我的身份，必然要有所避讳。无论怎么看，这都是不道德、反伦理、有违公序良俗的悖德行为。可她全身上下都在对我说，'来吧'。"

"……她对您说，想让您那样对待她吗？"

坂部摇摇头。

"她没有说任何那样的话，也没有透露出任何那样的意思。所以，或许一切都只是我的臆想。"

正崎不知如何回应才好。

坂部说的话显然十分可疑。一个初中生没做任何暗示，她的亲属就希望和她发生关系，正常人怎么想都只会觉得那是精神失常的妄想。

"这可不是说解释就能解释清楚的事。"坂部自暴自弃般无力地笑了，"没和她打过照面的人不会懂我的意思。这种感觉只可意会，我现在说这些，就像用嘴教别人学骑自行车一样。"

正崎一边听着坂部的话，一边思考起来。

其实，他自己就和曲世面对面谈过话，并且还是在审讯室里和她共处了二十四小时以上。然而他却从未感觉到坂部所说的，那种对曲世产生的强烈性欲。正崎可以断言，他是觉得曲世容貌映丽，却根本没有对她产生过性幻想。话说回来，当时事态紧急，根本也不是产生那种联想的时候。

"我能克制住自己，不过是因为早有心理准备罢了。"

坂部继续说了下去，正崎的注意力重新回到他的话上。

"那一瞬间，我在感官上明白了七个学生话里的意思。'我知道了，原来是这样，他们说的原来是这种感觉。'我极力让大脑回归冷静，最后在即将沦落前拉回了自己。"

正崎的耳朵捕捉到了"沦落"两个字。

与之相应的汉字自然而然地刻印进脑海中。

"学生们为什么会说自己受到了'侵犯'？"

坂部的目光飘向远处，低喃道：

"因为小爱的诱惑力过大、过强，超出了人可以承受的极限。"

正崎理解无能，皱起了眉头。

坂部不以为意，继续自白般说道：

"十五岁的她已经具备了十二分女性的魅力、姿色。这不单单是指身体，她的声音、举止、眼神都是如此。这一切的一切肆意挥洒在空中，就像香水喷多了，香味向周边漫延一样。不，香水还够不上这个程度，应该说，像扩音器。"

"扩音器……"

"就像有个扩音器在耳边大吼一样……她就这样强势地闯进来，闯进我心里。"

正崎想象着那种感觉。坂部看着正崎的样子，点了点头。他感觉到正崎想象出来的结果与自己的感受相通。

"我认为，学生们控诉的被侵犯感就是来源于此。这是一种不喜欢的东西侵入了自己内心的感觉。这种感觉除了强奸，实在是找不到其他任何表达方式了。"

"可是……"

有人从旁插了句话，是濑黑。她的脸上微微带着嫌恶，不像是出于理性，而是条件反射般说出的这句话。

"曲世没有做任何事情吧？说她强奸了其他学生，这是莫须有的罪名。"

"我问诊了七名学生。"坂部答道，"他们都处于心神耗弱的精神状态当中，再晚一些，就是诊断为心神丧失都不足为奇了。"

坂部迸出了法律术语，恰好贴合正崎与濑黑的专业领域。

心神耗弱，指由于精神障碍等原因，善恶分辨能力与行为控制能力显著减退的状态。

心神丧失，指完全失去这些能力的状态。

前者可予罪犯减刑，后者认定罪犯无责任能力，不予处罚。

"我甚至还想，要是那七个学生聚众强奸了小爱，我也无法问罪于他们。"

濑黑不知如何是好，陷入了沉默，正崎能做的也只有皱起眉头。坂部的话没有一处合乎常理。

一群学生控诉遭到了曲世爱的强奸。

坂部说，这群学生即便强奸了曲世爱，那也是没有办法的事情。

正崎不懂一切究竟是怎么回事。何为正，何为邪？他开始感到混乱。假如坂部描述的世界真的存在于现实当中，那它应该就属于"无法之地"。

"我觉得很危险。"

坂部继续说道：

"我心想，要是放任小爱这么继续下去就麻烦了。无论她是加害者还是受害者，哪一个都会带来不令人乐见的结果。于是，我就劝她定期来医院看看，说她应该在我的医院接受定期心理咨询。我想，她需要学习如何保护自己。"

"她同意了？"正崎反问道。

"她刚开始吓了一跳，很快就同意了。她告诉我，自己没法和别人好好交流。"

"没法和人交流……"

"那是自然，要是能和别人正常交流才奇怪呢。小爱希望解决围绕在她身边的问题，说是希望以后不要再发生类似于初中的这起'案件'了，还说想和人正常交流。在那之后的半年时间里，她都定期来我的医院接受心理咨询。"

正崎想起了从三户荷那儿拿到的资料。坂部所说的半年时间与医院的诊察记录确实是一致的。

"有关她的治疗，"正崎问道，"具体是什么样的内容呢？"

"我也是第一次碰到这种情况，没有明确的治疗方针……我以精神分裂症、自闭症的疗法为核心，在此基础上进行延伸治疗。"

坂部带着医生的神情继续说道：

"精神分裂症就是一种自我认知障碍，分不清自己与他人的界限。自闭症是社会型障碍，很难与他人沟通交流。两者都会令人难以开展人际交往。小爱需要正常与人沟通交流。天生的魅力给她带来了障碍，她必须比一般人更加擅长人际交往才行。咨询过程中，我一直在针对两个项目给她做能力提升训练，一个是'自我理解与控制'，还有一个是'准确揣测他人心理的能力'。"

"这样的能力可以自发提升吗？"

"一定程度上是可以的，就算没有具体的成果，也能令人增添自信，这本身也可以起到治疗作用。小爱似乎也很乐意来医院做心理咨询，有段时间她几乎每天都来。我没办法接待她的时候，她就会一直沉默着读我放在医院里的书。"

"书？"正崎问，"都是些什么书呢？"

坂部起身走向房间里的书架。书架上摆着专业的医学书籍，上层用书立架隔开的一个角落放着一些特殊的书籍。

"这些是她读过的一部分书。"

坂部拿来几本书放在桌上。正崎的眼光从标题上掠过。

《自我与本我》

《快感原则的彼岸》

《答约伯》

《书写》

《从人与人格的关系看妄想性精神病》

正崎看了作者的名字。弗洛伊德、荣格、拉康，都是有名的精神科医生、精神分析的研究者。

"都是我的藏书，所以全是同一领域的。"坂部拿起其中一本，"小爱来了医院，就全神贯注地读这些书。她读的范围很广，从启蒙读本到专业书籍，一共读了有好几十本。她尤其喜欢弗洛伊德。"

坂部慈爱地凝视着手上的那本书。正崎让濑黑记下了书名。

"说实在的，我不知道我的治疗成效如何。"坂部说，"距离第一次来医院约莫半年后，小爱要求终止治疗，说是要专心备考。我没有理由阻拦她。治疗结束后我就再也没见过她了。"

正崎觉得心里有个疙瘩，他看了眼坂部。

"这已经是八年前的事了。她是您的侄女，按说之后应该也有见面的机会，不是吗？"

"……"

坂部沉默不语。

他的神色黯淡下来，再次用一只手盖住眼睛。

正崎静静地等着他继续往下讲。

"……小爱说不再来医院的时候，我才发现……"坂部面色扭曲，"那半年来的每一天，我其实都不是在给她治疗。我说担心她的精神状况，就是给自己找了一个冠冕堂皇的借口。我仅仅是希望能够一直见到她罢了。我发现自己是出于这种心思才劝她接受心理咨询的，别的什么都没有。本以为自己悬崖勒马，没想到其实早就越了界，都已经坠到崖底了。"

"我逃跑了。"坂部说，"我关了医院，从栃木，从那个城市，从小爱身边逃开了。我没告诉哥哥和其他任何人自己的行踪，逃到了这个无亲无故的地方。"

"您……"正崎困惑地说，"您并没有做必须让自己逃离的事情。"

坂部抬起脸，无力地摇了摇头。

"如您所说，我没有对小爱做任何事，连她一根手指头都没有碰过。那种会被身为检察官的您追责，会受法律制裁的事情，我一件都没有做过。可是……这和法律没有关系。"

坂部自嘲地笑了。

"即便并非有意，小爱也确确实实诱惑了我，而我也毫无疑问地受了她的诱惑。就算没有实际行动，我也已经在心里做了自己想做的事。我的内心深处曾期盼着发生不能发生的事。我已经被诱入了罪恶的道路。"

坂部的脸上满是疲惫。

多年来，他像是一直在拼命逃避着什么。

"把我逼至这个地步的，只是我自己心中的情感……它不断在我心中奔涌而出，是我一生都逃不开的毒药……没错。"坂部藏主忏悔般说道，"那就是罪恶感。"

新干线中央大厅的咖啡店里，正崎在等自己点的咖啡。濑黑在咖啡店外打电话。她跟着正崎来了京都，积攒了不少办公室的工作，需要与人联系处理。

正崎透过店面的玻璃窗注视中央大厅里来来往往的人群。游客、上班族涌向检票口。

他想起了从坂部医生那里听来的事情。

曲世爱中学时期的故事包含了巨大的信息量，坂部医生给她做心理咨询的往事也有很多可以挖掘的地方。

然而，要说哪桩哪件能在现实里派上用场，却也并非如此。

曲世具备性吸引力，充满了诱惑，她无疑拥有这方面的影响力。这和之前守永说过的事情，以及操纵选举的实例对上了号。正崎想起守永说过的话：

"要是把这个女人和男人放到同一间房里，那么无论多大年纪，多有思想的男人，都会一个不剩地成为她的俘虏。"

守永或许并没有夸大其词。这个叫曲世爱的女人，凭借她生来的女性魅力，在背地里多番活动已是无可动摇的事实。

不过，这一事实并不会给正崎接下来的调查活动带来多大影响。

不管曲世有多强的能力，她最终都将被逮捕归案，这是不会改变的事实。曲世有触犯选举法的明确嫌疑，从这一点上看，比起为逃避起诉而花样百出的斋开化，逮捕她或许要简单得多。

到了真正实施逮捕的阶段，曲世就只是一个女人罢了。只要多加防范，不像文绪或奥田那样与她独处，大概就不会出现什么大问题。

柜台前的店员念出了点单内容。正崎正准备拿过并排放着的两杯咖啡时，撞到了店员的手，咖啡洒出来少许。我在干什么啊，正崎想。

他拿过旁边的袋装纸巾，袋口启封处的虚线进入他的视线。正崎拿着塑料袋，盯着那条虚线。

....

有关曲世的信息，眼下就正如同这一个个点一样。

如果搜集到更多信息，它们或许就能连成一条线，然而现在并没有充足的时间可以拿来做这件事。

也许，是时候该暂停追查曲世了。曲世确实是重要人物，可再继续搜集信息也不会获得更大的回报，最重要的还是追查斋开化。正崎必须确定起诉事实，找到斋开化，明确理顺实施逮捕的程序。虽然成功概率很低，可一旦议会在支持斋开化的前提下成立起来了，一切就晚了。赶在域议选举前收拾好局面是理想情形，剩下的时间极为有限。

然而……

在正崎内心深处，另一个自己还在执拗地呼号着追查曲世。他的诉求毫无来由，仅仅是出于自己所谓的直觉而已。或许是因为生理上对付不来那个女人，正崎始终无法拭去厌恶那个女人的个人情感。仅凭他的这种感觉，大概根本就说服不了凡事讲求逻辑的濑黑事务官。

曲世那边至此暂告一段落。

逮捕了斋开化，肯定也会牵出曲世。顺序并不重要。

正崎揪住纸巾袋，带着转换思路的心情撕开了那条喻示着信息现状的虚线。

....

II 巴比伦

-死亡-

清晨的阳光透过调查总部的百叶窗照射进来。

躺在地铺上小睡了一会儿的调查员怨念地呻吟几声，身旁的另一个调查员身穿运动背心，正在熨烫自己的衬衫。驻扎调查仍在继续。

七月十二日，周四。

正崎去过山科后，时间又过去了三日，距离域议选举仅剩三天。

正崎埋首在桌边，死啃调查资料。身旁是一直在放视频的电脑，供正崎搜集社会情报。在前一天晚上录下的新闻节目里，野丸龙一郎正在公布参与域议选举的决定。

为在域议选举上大获全胜，野丸龙一郎似乎做好了毫不松懈地奋战到投票日当天的准备。他早早巩固了与在野党的协作关系，一举推出了一百多名反对条例的候补人选，其中多数都曾是各个党派的都议与县议议员，甚至还有不久前才刚从国会议员的位置上退下来的人。野丸政党对待本次选举的野心显露无遗。

此外，身为候选人的野丸本人也几乎每天都参加电视节目，不断煽动反对条例的社会情绪。正崎觉得，他把市民朝同一方向指引的那副模样，简直就像传说中哈默尔恩的吹笛人一样。

另一边，自从斋开化发布了选举法之后，就再不见任何动静了。

他没再上传新的视频，也没再通过其他手段发布声明。换言之，他没有施行任何可称之为选举战的行动。如此一来，赞成条例的少数派将无立足之地。标榜自己是赞成派的人以肉眼可见的速度不断减少。

斋开化的沉寂是否事出有因？

抑或是说，他仅仅是害怕遭拘捕，不敢出面示人？

正崎按停视频，神色复杂地摇摇头。选举不是他该思考的事，这种事交给野丸那帮专家就好。人的大脑容量是有限的，他现在没有余力思索其他。

距离选举还剩下三天。

正崎站起身，盯着贴在调查总部白板上的地图。

六十二个红色标记散落在地图上，大致标出了在政府大楼跳楼自杀的人当天去过的地方。

下令详细追踪自杀者当天的行动轨迹时，正崎对能够发现什么一无所知。他知道当天的行动轨迹很重要，不过却没法预测是否能借此抓住什么决定性的线索。真要说起来，他就是根据调查惯例下了个指令而已。

然而地图上浮现出的结果，从某种意义上来说已经超出了正崎的预期。

现在，地图上贴出了六十二个人当天到访过的地方。除去行踪尚不明确的两人，调查员们几乎已经追踪到了全体自杀者的足迹。这是总部的调查员实地走访得来的新鲜情报。正崎再一次试着解析线索。

地图的比例尺比之前更大，因此显示的地理信息更为精确。自杀者的现居住地都零散分布在以新域政府大楼为中心，半径二十公里的范围内，因此必须使用图幅广阔的地图。而他们当天的行动轨迹，都在离政府办公大楼直线距离不超过十公里的范围之内，且其中大半还集中在政府办公大楼东侧，西侧几乎可以忽略不计。换言之，原本直线四十公里的范围缩小到了十公里范围内。

标记虽零散，整体却呈直线状分布，沿政府大楼东南偏东的方向延伸开去。正崎之前也同寅尾探讨过，标记都集中在日本铁路横滨线及十六号国道并行的方向上。从新域政府大楼到八公里开外的古渊站附近，红色标记就散落在沿途道路的左右两边。

其中有两个地方汇集了十个左右的标记。

樱花大学。

相模原市政府。

调查员们事先已经查到，这两处不少相关人员都自杀身亡了。大学里多是学生，市政府里多是政府职员。当天白天，他们各自身处大学校园与政府办公室内，因此标记就集中分布在这两个地方。

剩下的不到四十个标记零散分布在国道两侧。有的是在那边上班，有的是家住那边，有的是去那边购物，原因不尽相同。

正崎的目光逡巡在整张地图上，试图揪出线索。

六十四名自杀者都曾去过某一场所的可能性为零，从地图上也看不出他们于自杀前碰过头的行迹。换言之，他们是直接去的自杀现场——新域政府大楼。

这么看来，他们应该事先就已约定好了，彼此之间应该有过联系，然而诸如此类的痕迹同样没有显露分毫。

此外，正崎还对自杀者当天"似集中又非集中"的行动轨迹心下存疑。自杀者们并没有汇集在某一地，然而与他们的居住地相比，当天他们的行动轨迹都未超出十公里的范围，这恐怕不能仅以巧合搪塞过去，可正崎又找不出其中的缘由。

正崎的思考陷入僵局。

他感知到大脑停转，但这并非生理上的疲惫所致。正崎一直与其他调查人员轮班休息，问题肯定是出在精神层面上。调查活动不见进展，唯有时间在一天天流逝，眼下的情形令正崎烦躁难耐。要让烦躁的大脑同时思索好几件事，最终就什么也思考不了。正崎无法集中自己的心神。

塑料的咖啡杯托与桌面碰撞，发出一声轻响。

"这是黑咖啡，你没事儿吧？"

咖啡冒着热气，递上咖啡的是寅尾管理官。正崎回以一笑，嘴唇凑到带着杯托的纸杯边。调查总部的咖啡机泡出的咖啡同一般咖啡没有两样，不难喝，只是比不上曾经的那个味道。

"睡过了吗？"寅尾问。

"嗯，睡饱了。"

"大脑还没休息够吧？脸色很难看啊。"

"这种情况下，我怎么可能放松神经呢，又不是什么气定神闲的大人物。"

"再怎么样也得让自己放空一下，不然效率就低了。"

"这我明白……"

正崎神色困顿地答道。寅尾微微一笑，手指着头顶的天花板：

"这种时候就该去十七楼。"

"咚"的一声足音，随之响起的，是木板与木板碰撞在一起发出的畅快敲击声，此起彼伏。

警视厅总部十七楼的道场内，身穿护具的正崎与寅尾正以竹刀互拼。早上的道场空无一人。宽阔的木地板房间内，两人不断互换位置，挥刀缠斗。身高体壮的寅尾将竹刀高高举过头顶，而后用力下劈，气势汹汹，正崎在千钧一发之际接招抵挡，化解了寅尾的攻势。

两人退回到线内，互相行了一礼。简单的礼节已毕，正崎略显粗鲁地扯下面罩，喘息着现出自己被汗浸湿的脸。

"不来了不来了……我认输。"

寅尾也跟着脱下面罩。虽然没正崎那么狼狈，不过脸上还是渗出了汗珠。

"我吓了一跳，你水平不错啊。说是初段，我看比起二段你也丝毫不逊色。"

正崎谦虚地摇摇头。他在初中时接触了剑道，当时拿了初段，之后就再也没考过段位了，只是出于兴趣才一直练，如今也会偶尔去附近的小学参加剑友会举办的修习活动，让自己发发汗。也是拜此所赐，他才得以险险接住三段的寅尾发出的一击。

"这么一发泄，"正崎边调整呼吸边说，"大脑确实腾空了。"

"这就是所谓的心内无物。"

正崎点点头。不过是活动了几分钟而已，他就感觉自己的大脑已被清扫一空。当然，身体是疲惫的，可即便如此，他也觉得自己恢复了元气，有了继续思考处理问题的余力。呼吸恢复如常后，正崎再一次握上竹刀的刀柄，心思清明了些许。

"管理官，咱俩再比试一场如何？"

"可以是可以，"寅尾看向道场一角的门，"你刚刚换衣服的时候，又来了一个人。"

就在正崎看向那边的同时，门被打开了，身穿纯白剑道服、外戴护具的人出现在门口，是濑黑事务官。她以秀竹般笔挺的站姿向正崎行了一礼。

"请赐教。"

十分钟后，与濑黑相对行过一礼的正崎没出息地一屁股瘫坐到地上，实在是没法像同寅尾比试时那样保持体面。他使劲扯下面罩，用尽全力大口呼吸。濑黑悠悠然坐下，取下了脸上的面罩。道场一角的寅尾半是怜悯地笑了。

"你是几段？"

"四段。"

正崎拼尽全力，终于挤出来一个苦笑。练习剑道的人在取得一个段位后，必须经过一定时间的修习，才有资格考下一个段位。从拿到初段开始算起，要考到四段至少要经历六年的修习。二十三岁的濑黑持有四段资格，说明她人生中相当长的一段时间都花在了剑道上，绝非是小打小闹的正崎能够匹敌的对象。

"我去买点喝的吧。"

寅尾说着就离开了道场。宽敞的木地板房间里只剩下瘫坐不动的正崎与犹如摆件的濑黑。

清晨的道场里只听得到正崎的喘息声。

就像置身在森林里一样，正崎想。

"我曾经觉得，自己在被逼着做'不好的事'。"

寂静的空气突然荡起了波纹。濑黑的声音不是仿佛要搅乱什么似的浪潮，它如同正弦波一般，处处都透着美感。

正崎抬头看向濑黑。

他的呼吸还没有完全平复。

"我被摆在了'非公开新域构想'这个阴谋的其中一环上，作为一名随行事务官，我辅佐的特搜部检察官是'非公开新域构想'的参与者，我自己也不得不加入其中，成为帮凶，这是我曾经的想法。"濑黑微微眯起眼，"可现在，我觉得或许并不是这样。"

"的确是这样。"

正崎在混乱的呼吸间隙里竭力发出了声音。

"你的想法没错。我们现在已经参与了罪恶的一环，双手也沾染了违法行为。"正崎实事求是地说，"并且，我们今后大概还要做比这些更为恶劣的事。"

濑黑事务官的表情出现了动摇，露出难以自抑的严峻之色，像是一边思索着好几件事，一边探寻着接下来该说些什么。

微微犹豫片刻后，濑黑事务官平静地开口问道：

"对你而言，什么是正义呢？"

问题正中红心。

这把语言的利剑穿透铠甲、衣服、肉体、骨骼，直直地刺进了正崎的心脏。正崎感觉自己像是被比他年轻的女事务官扒得无所遁形一样。美化或敷衍都已无用，正崎放弃了挣扎。

他如实答道：

"我不知道。"

不知何时起，他的呼吸已经完全平复下来了。

正崎的回答似乎并不是说给濑黑，而是说给自己听的。

"什么是正义？这个问题我还没想清楚，就连分辨善恶的根据，我也还没有找到……可是，我虽然还没弄懂什么是正义，却依然相信它的正确性。"

正崎抬起头说：

"所谓正确，就是持续思索。"

濑黑直直地看着正崎的眼睛。

"就算哪天我找到了答案，也不能就此停止思索。认为自己明白了何谓正义后，我还是要一直、永远地反问自己，什么是正义。"

正崎并没有百分之百理解自己说出口的话。他想说的东西非常感性，他自己也是边说边寻找着恰当的表达方式。不过与此同时，正崎又觉得，自己说的话没有错。

这是从正崎大脑里自然萌生的本能话语。

"正义一定就是这样的东西。"

正崎盯着冒汗的手心喃喃自语道。他感觉自己似乎窥见了其中的门道，或许是错觉吧。

他抬起头，一瞬间似乎看到濑黑的嘴角微微上扬。然而下一秒，她又恢复了往常那副拒人于千里之外的样子。刚刚的微笑是错觉吧，正崎想。

濑黑带上面罩。

"请赐教。"

"还来？"

正崎全身上下都在拒绝。他的大脑已经足够清醒了，再让濑黑压着打显然只会产生负面作用。要是没人把自己换下来，下场就是死路一条，正崎刚想到这里，寅尾就回来了。他站在道场入口喊道：

"斋开化有动静了！"

全体调查员聚集在调查总部前方的大屏电视前，晨间新闻节目正在播报一则快讯。放出这则消息的只有国营公共频道 NHC，其他民营电视频道没有要播快讯的意思，这似乎是一则独家快讯。

"今日凌晨，新域域长斋开化以书面形式给 NHC 寄送了消息。通过包括邮件、传真在内的几种方式送达了本台。"

电视画面切换，斋开化寄送的消息出现在屏幕上，像是打印出来的邮件。

"这些文件上都有斋开化本人的署名，所以我们判断这是斋开化本人寄送过来的文件。"

"这可是 NHC 啊。"寅尾嘟囔道，"他们不受国家的管控吗？"

"是受的吧。"正崎思考着回答说，"只是，如果 NHC 不报道，斋开化一方应该就会通过网络说出曾向 NHC 寄送文件的事情，还会自行公布文件内容。如此一来，电视台故意隐瞒消息的事就众所周知。"

"那确实影响不好。"

"不过，电视台那边可以随便找个借口对付过去。只要声称文件上只有署名，他们误以为是有人在搞恶作剧，就可以逃脱指责。按理说，电视台也可以选择不播报这则快讯。"

"可他们却播了，那就是说……"

"嗯。"正崎紧抿下巴，"他们认为，播出来对管控方有利。"

正崎想起了"管控方"的那张脸。那人一举手一投足都牵引改变着社会。

NHC 的播音员用机械的声音朗读起文件内容来。

"斋开化寄送的信息内容如下。"

"我是新域域长，斋开化。"播音员的声音替代斋开化传递了出来，"为新域这片全新的世界选出骨干力量的第一届新域域议选举即将迎来投票的那一天。投票日到来之前应该还会涌现众多候选人，不过看目前这个情况，我产生了一种忧虑。我忧虑的是，条例的赞成派、反对派，他们各自的候选人所持的主张、想法、声音，似乎并没有正确传递到选民的耳朵里。"

播音员的声音始终清晰平稳，然而正崎却产生了一种错觉，他似乎看到写下这篇文章的斋开化正在微笑。

"所以，我想通过 NHC 提个建议。这个建议不难实行，在迄今为止的选举活动中，它已经反复出现过很多次了。这是能让候选人更加明确地倾诉主张的最佳方式。"

"我们举行'公开辩论'吧。"

调查总部躁动起来，正崎的眉间显出深刻的纹路。

"时间就定在投票日的前一天，七月十四日下午六点。地点在NHC 演播厅。我希望能以直播方式向全国、全世界传递现场实况。"

躁动在调查小组间扩散。

公开辩论。政治家与政治家的辩论会。

采用直播，那也就是说……

"我作为痛苦解除条例赞成派的代表，届时将亲自出席。"

斋开化将主动在电视台现身。

"反对派来多少人都可以。执政党与在野党已经公开表明了反对态度，各党派代表人全体出席也没有问题。"

调查小组的成员都知道这意味着什么。斋开化主动告知日期、时间，届时还会主动现身。这就是说，调查总部此前分出一半人手全力追查的"斋开化的所在地"自动显现了。

这本应是一件好事，可调查员们实在难解心头疑惑。

"我所期盼的只有一点，就是候选人的声音得到正确传递，各位选民能够做出正确的选择。"播音员朗读着斋开化的声明，平和的语调都掩盖不住隐藏在字里行间的高亢，"赞成派和反对派都平等发声，交换意见，互相碰撞思想吧。胜负不再，大家互道心声，就一定能求同存异。我们应该都懂得怎么做选择，怎么选出唯一正确的选项。我相信人类具备这样的能力。"

播音员尽力用平板的语调读出了最后一句：

"让我们在新域开辟出通往新时代、新世界的大门吧！"

"以上就是全部内容。"播音员说。

"正崎检察官。"寅尾带着一丝疑惑说，"斋开化真的会来吗？"

"很有可能。他都放出了这么个大招，不可能不来。"

"可是，"插话的是濑黑，"我们还没搜集到斋开化教唆他人自杀的证据。现在这个阶段，我们根本无法正式逮捕斋开化。"

"用别的事由也好，总之先把人抓起来审一审，怎么样？"一个调查员说。

"他应该早就想到了这一层。我们一把人抓起来，保释手续马上就会跟着来了。"

"先看押，看押期间总能审出点什么吧？"

"得顾及社会舆论。斋开化身上没有公认罪状，我们不能扣留他。"

"六十四人都被逼自杀了。"

"没有证据。"

调查员们你一言我一语地出着主意，每出一个主意又都站不住脚，真实地体现出没有决定性方法可用于逮捕斋开化的窘境。

正崎回过身，重新面向调查小组。

所有人都默默地闭上了嘴。

"调查小组缩减为两人一组。"正崎提高声音，"其余人员全都归到罪状小组，赶在斋开化上电视前找出他教唆他人自杀的证据。距离公开辩论还有四十八小时，在此期间，大家务必找到证据。"

全体成员齐声领命。

正崎认真思索着自己下达的指令。他的方针没变，也没办法改变。归根结底，倘若找不到犯罪证据，他就无法制裁斋开化。

调查员两两一组，干劲十足地行动起来了。观察地图、查找资料，大家各自摸索着能够最大限度地利用好剩余时间的方法。

这时，正崎的手机响了。他看看屏幕，是筒井打来的。正崎接起电话，那头传来一阵杂音，对方似乎是在户外。

"喂，是正崎先生吗？"

听到这个声音，正崎愣了一瞬。

两秒过后，他终于知道发生了什么。

正崎大叫道：

"曲世！！！"

怒吼声穿透了整个调查总部。

调查员齐齐看向正崎，最先反应过来的是濑黑。她随手拿过纸和圆珠笔，赶到正崎身边。正崎接过笔，大力写下了"筒井 手机GPS"几个字，濑黑立刻跑到电脑旁边。

"早上好。"

女人从容不迫地道了声好，正崎竭力克制着自己。电话那端传来的一切声音都在剥夺他的理智，他却不能任由气血翻涌，必须保持冷静。

"筒井，"正崎语气平静地问，"这部手机的主人怎么样了。"

"嘻嘻。"

在可以想见的范围内，这是世上最坏的回应了。

"出来了。"濑黑小声对寅尾说，"第三京浜，港北匝道旁边。"

寅尾指派两名调查员赶赴现场，然而从调查总部到港北匝道，开车至少要一个小时，怎么都来不及。

"正崎先生，"女人叫了正崎的名字，"您平时玩游戏吗？"

"你说什么？"

"您玩不玩游戏？手机游戏啊，电视游戏什么的。"

"你到底想说什么。"

正崎转动大脑拖延时间。他不期待奔赴现场的同事能在电话打完之前赶到现场，可即便如此，拖延时间也是有益的。正崎需要线索，就算再怎么微小都好。一切都是为了抓住这个女人。

"我呢，经常玩游戏。"女人似是毫不在意正崎的疑问，自顾自地说了下去，"像RPG什么的，您知道吧？就是那种角色扮演游戏。"

"嗯，知道。"

正崎不爱玩游戏，不过还是了解一些最基本的游戏常识。要说RPG游戏类的代表作品……

"勇者斗恶龙……"

"没错。"

正崎一说出游戏名字，电话那边立刻响起了女人娇媚的声音。正崎皱起眉头。

"在游戏里，我扮演的是勇者……"

女人温柔地讲述起来，就像是一个母亲给她的孩子念绘本故事一样。

"在那个被魔王统治，失去了正义的世界里，勇者要与寥寥无几的同伴一起，有时还得独自一人，迎战恐怖的魔王军队。他要与数万、数十万、源源不断的敌人作战，就是为了守护正义，拯救世界，给予世人幸福……可是，"女人说，"没有人来帮助这名勇者。"

女人的声音里满是悲怆。

"受统治的民众中，没有一人有勇气正面抗击魔王。他们把所有重担都压在了勇者一人身上，他们心里想的只有自己。甚至还会侮蔑勇者，怪勇者多管闲事。为了拯救世界，勇者以命相搏，然而谁都不愿意帮他，不愿意协助他，谁都不理解他。"

女人滔滔不绝地讲着，正崎却始终不得要领。女人说的话有什么重要含义吗？或者，她会不会只是在戏弄自己呢？这段话有意义吗？会不会是毫无意义的废话？这些正崎一概不知。

"即便如此，勇者还是要拯救世界。"女人的声音明朗了起来，"无论多么艰辛，多么痛苦，就算世界上没有一个人愿意帮助自己，没有一个人理解自己，勇者都要拯救世界，只为了让人们幸福。"

"正崎先生，"女人唤道，"我想成为这样的人。"

"你不会成为这种人。"正崎说，"如果你希望人类获得幸福，就只有投案自首一条路。你是杀人凶手。"

"诶……"

女人在电话那端发出了叹息。

令人不适的叹息就像吹在耳边似的。

"好想见你啊……"

女人说。

"我真的很想见到正崎先生啊……"

电话那头的声音渐渐低了下去。

"等等！"正崎叫道，"别挂！曲世！！"

"咚！"

一声闷响，随之而来的是刺耳的刹车声。电话那端有人惨叫了一声。正崎明知无用，却还是朝着电话大喊女人的名字。

在曲世爱打来电话的那个地方，只发现了调查员的手机，以及筒井警部补撞车自杀身亡的遗骸。

BABYLON IV

大片的暗色痕迹被橙色路障围了起来。正崎一脸冷肃地凝视着三小时前还在人体内流淌的鲜血。

"叭——"有车按响了喇叭。正崎抬起头，只见一辆大货车在警察的指引下缓缓前行。为保护现场放置的路障占了三车道中的其中两个车道，引发了路面交通拥堵。

正崎环视左右，望着筒井警部补被车撞飞的一百四十号县道。县道笔直延伸向远方，每边各有三个车道。若是没有交通管制，这条路想必会十分通畅，当时又是早晨，不难想象，通行车辆的行驶速度应该都很快。不说也明白，要是在这里撞上车会是什么下场。

然而筒井警部补还是起身跃了过去。

"正崎检察官！"

濑黑事务官一路小跑着过来。她负责在现场找辖区调查员了解情况。

"这是辖区警察查到的结果。"濑黑边打开笔记本边解释说，"他们发现，事故发生稍早以前，筒井警部补和一个长发女人走在一起。

那个女人年龄在二十多岁，身穿米色连衣裙和黑色裤袜。"

"有目击者？早上六点多的时候。"

"听说那家店从早上起就开始营业了。"

濑黑回身指向店铺的方位。店铺大大的招牌上写有店名及"专业建材·五金"字样，是一家开在县道边上的大型建材超市。

"那是一家经营建材与手工用具的建材超市。工人和手艺人开工前要用那些东西，所以这家店从早上六点就开始营业了。一大清早来这边的，只可能是冲着这家店来的。"

"监控摄像头呢？"

"都拍下来了。"

濑黑把 U 盘插进平板电脑里，鼓捣几下后递给正崎。屏幕上开始放起了监控视频。

视频里出现了一个在收银处结账的长发女人，着装与濑黑先前描述的一样。正崎盯着视频里的女人。

曲世爱。

"视频里没看到筒井警部补。"

"监控没有拍到他们在店内同行。可能是在这个女人出了店铺后，他们才会合的。"

濑黑说着，像是陷入了无法释怀的情绪当中。调查曲世爱的人和曲世爱走在一起，这种事情已经超脱于现实之外了。

"买的东西呢？"

"这个已经确定了。她只买了一样东西……"濑黑惊讶的表情更甚，她说，"是斧头。"

"斧头？"

"就是那种用来劈柴的大斧头。斧柄长七十九厘米。"

濑黑拿过平板电脑，打开了似乎是在店里拍下的斧头的照片，说和曲世买的斧头是同一款。正崎凝视着靠在货架上的斧头。和周边的东西一对比，就能看出这把斧头相当大，可曲世为什么要买斧头呢？正崎一头雾水。

"曲世之后的行踪呢？"

"还不清楚。不知道她是开车，坐出租车，还是走着去了最近的车站，可能要等辖区警察调查后才知道……"

濑黑看向手表。正崎心里也清楚，想要追踪到曲世的行迹，就必须先走访打探，排查监控视频。可眼下，正崎他们根本就没有时间做这些工作，调查总部的调查员们甚至都没有时间出席殉职的筒井警部补的葬礼，曲世那边只有委托辖区警察去查了。

"回总部。"

正崎一脸苦涩地叫上濑黑，快步朝车边走去。

搜查总部的人员倾巢而出，濑黑也去了检察厅，宽敞的会议室里只剩正崎一人。正崎紧紧地盯着贴在白板上的地图。六十二个红色标记至今仍四散各处，没能串联出一幅新的图景。

正崎的目光落到自己的桌面上。桌上摆了一本厚书。正崎心知这本书不是调查重点，大脑却怎么也抛不开映入眼帘的内容梗概，最后还是买来了它。

这是曲世爱初中时期读过的一本书。

弗洛伊德的《快感原则的彼岸》。

正崎没把书拿起来，随意翻了翻，自然而然地就翻到了夹着书签的那页，上面是促使正崎买下这本书的弗洛伊德的理论。

死亡驱力

正崎又一次看向自己读了好几遍的那一部分。

死亡驱力，直面死亡的驱动力，死亡本能。它是自我难以抵挡的冲动，是之于个体诞生最为古老原始的驱动力，是恶魔般想要毁坏生命的冲动。

弗洛伊德说，所有人都拥有这样的冲动。

正崎并非精神医学或哲学方面的专家，无法判断弗洛伊德的学说是否正确。话虽如此，直觉告诉他并不能相信任何人都有赴死的冲动。正常想想，人应该都是想活下去的，所有生物应该都是朝着这个方向进化而来的。

可筒井警部补却自杀了。

难道这就是"死亡驱力"所致吗？

口袋里的手机震动起来，打断了正崎的思绪。正崎看看来电人，接起了电话。是半田打来的。三两句玩笑话过后，半田说到了正题：

"这件事可能和你没什么直接关系，不过我还是先和你说一声。参加公开辩论的人选已经定下来了，自明党代表是野丸，民生党代表是柏叶，另外公正党的代表岩国，共有党的委员长仁木也会出席。主要的四大党派悉数到齐了。"

正崎眼前浮现出四人的面容。哪怕是不懂政治的人，应该也认识这四个人。他们各自都是执政党派自明党，以及在野党第一大至第三大党派的头面人物。

仅这四大党派的议员就能占去九成议席。四人身为党派代表，说他们就是政界也并非妄言。

"条例否定派的阵营坚如磐石。"半田说，"野丸可是一路爬到执政党干事长位置上的男人，深谙用人之道。"

"斋开化有没有胜算？"

"没有。不过……"

"不过什么？"

电话那头的半田犹豫片刻，小声嘟囔道：

"看到双方在战斗力上的绝对差距，我反倒心怀期待。"

"你期待什么？"

"斋开化逆势翻盘。"

半田就像是在和别人商量坏事一样，继续用心虚的口吻说：

"斋开化显然毫无胜算，败局已定。不过正是在这种时候，我反倒期待着他做了某种准备，上演一出一举翻盘的好戏。说实在的，我甚至都顾不上去想孰正孰邪了，就是想看热闹，想让这场盛大的动乱继续持续下去，内心产生一种……'恶意的'兴奋。"

正崎没有应声，不过他在逻辑上能够理解半田的想法。

多数市民都觉得政治已然僵化，等待着新风吹来，打破现有局面。新域构想与斋开化原本就是出于这个目的打造而成的。现在，斋开化虽已脱离了原本的计划，可他明确提出新思想，挑战旧体制，这一点是没有变的。

斋开化的胜算几近于零。

正因如此，他才牵动了人们的神经。人们期待看到即将被踩死的蚂蚁打倒大象的情景。

如果斋开化真的有所准备……

要是他能够因此点燃民众空前膨胀的期待的火种……

"一切都会在后天的公开辩论上尘埃落定。"半田说，"我要做的顶多就是客观报道这场辩论。"

"报社应该有报道方向吧？"

"上面下了指示。不过有关条例的是是非非，现场来的每个人都已经有了自己的判断，我们社里也讨论得热火朝天。自打进报社以来，我还是头一次看到大家如此关心政治。"

"你呢？"

正崎问。半田思索一阵后开口说：

"我态度没变，还和最开始一样。"

"说不好站哪一边。"半田答道。

II 巴比伦
-死亡-

聊完事情，挂断电话的同一时间，寅尾管理官现身在调查总部。他似乎去洗了把脸，边拿毛巾擦脸边走了进来。寅尾卷起衬衫袖子，把毛巾搭在脖子上，比起管理官，倒更像个脾性温良的农夫。

总部配备的咖啡机咕嘟作响，正崎从寅尾手里接过咖啡，道了声谢，再次看向地图。寅尾也一边啜饮咖啡，一边凝视着同一幅地图。

"总觉得有什么东西就要呼之欲出了。"寅尾说，"可时间还是来不及啊。"

"是我无能。"

正崎说。他比以往任何时候都更加口不择言。这是正崎在没有其他人在场的调查总部，独独对自己信赖的管理官一人吐露的真实心声。他泄气了。

"最终，我还是没在规定时间里拿出任何成果。非但如此……"正崎紧咬牙关，"还害一个同事丢了性命。"

"筒井警部补殉职是谁都没有料到的事情。"寅尾平静地说，"照你这么说，我们也都同样无能，我们都有罪过。"

正崎摇摇头。

"调查小组的成员都拼尽了全力。最终的责任在上面的人头上。"

"你要被追责？"

正崎没有回应，只一动不动地盯着地图。

正崎是负责人，拿不出结果，他就只能承担责任。这是交给他的任务，没有质询的余地。

那么，问题就只在于如何承担责任了。

"我回来了。"

无精打采的招呼声响起。正崎转脸看去，只见九字院提着便利店的便当走了过来。

"哟，咖啡啊，有我的份吗？"九字院拿过一次性纸杯，自顾自地给自己倒起了咖啡，"哎呀，真不该出去啊。"

"教唆自杀罪的罪状收集得怎么样了？"正崎问。

"跑了这么一大圈，证据一点没找着，太反常了。不过也是，这个案子从一开始就古怪，反常指不定才是正常情况呢。"

"都空手而归了，你看起来倒还挺有精神。"寅尾神情古怪地说。

"证据不出来又不是我的错。再说了，这种东西可能原本就不存在。"

寅尾被九字院说愣住了。正崎不禁笑了起来。

"他就是这种性格。"

"这是夸我还是损我呢？"九字院径自打开便当盒盖，"我看你累得都站不住了。"

"负责人就这样。找不到证据，身体也跟着受罪。"

"那还真是可怜。"

九字院事不关己般吃起饭来。他随随便便的样子对如今的正崎来说反倒是一种宽慰。

"当负责人真是最麻烦的事了，成天净得想那些难题吧？还是跑腿好，轻松多了。"

"有些事是嫌麻烦也必须要做的。"

"是吗？"

九字院显示出轻微的否定态度。正崎略有些在意他说的话，眼睛看向九字院。

"觉得困难或许是一种错觉哦。在我看来，我做的事也好，你做的事也好，它们在这个世界上的许许多多种工作中，都是相当单纯的一类工作。"

正崎以眼神反问其意，九字院语气未变地解答道：

"抓住坏蛋就行了。"

这回换正崎听愣了。九字院说的话平淡至极，是连孩子都懂的理所当然的道理。

九字院喝了口咖啡，看向正崎。

"我认为斋开化就是个坏蛋。"

"……啊，是啊。"

"那就必须想方设法抓住他了。"

九字院拿起放在一边的筷子。

"到那时我会和你一起的。那也是我的工作。"

说完这句，九字院再次吃起便当来。

入夜，人美传来了邮件，同往常一样，照旧是明日马的照片。正崎给她拨出了调查总部成立以来的第一通电话。

"阿善——"

电话那头传来的声音透着欣喜。正崎问了家里是否一切安好，事无巨细地叮嘱说现在治安很乱，出门要多小心，菜谱网站上没写的食材尽量不要加到菜里去等等。人美只"嗯嗯"地听着，也不知道有没有真的听进去。

"明日马说想去多摩动物园。"

听到这句话的瞬间，正崎立刻就露出了懊悔的神情。他带明日马去过很多次家附近的上野动物园，不过明日马说想看雪豹，他就和明日马约好了一起去多摩动物公园。这件事正崎已经忘得一干二净了。他记不清是什么时候应承的明日马，好像都快过去半年了。

"对不起。"

"没关系的，明日马也没生气，他知道你很忙。你什么时候带他去都行，明年后年都没关系，要带他去哦。"

人美轻描淡写的一席话"嗵"地砸在正崎心里。

明年也行。

后年也行。

"阿善，"电话那头的人美低喃道，"自杀这种事真让人讨厌啊。"

"嗯。"

正崎给了个想都不用想的回应。

"是很让人讨厌。"

百叶窗拉了起来，明亮的晨光照进会议室。寅尾管理官走回到会议室前方的固定位置上。濑黑居左，寅尾居右，正崎坐在中间，面前是全体调查员。

调查总部迎来了七月十三日的清晨。

这天距域议选举投票日还剩两天，也是举行公开辩论的前一天，同时也是展开调查行动的最后一天。全体调查员都清楚，如果不能在今天之内找到证据，他们就无法逮捕即将在电视台现身的斋开化。对当下的困局心知肚明的调查员们，面上都是如出一辙的沉重之色。

然而，没有一个人因此就降低了斗志。这是筒井警部补最后留下的东西。同事在调查过程中以身殉职，死因不清不楚，为他报仇雪恨的使命感赐予了他们力量。

接下来要开调查会议了，调查员们的目光自然而然地汇集到前方的正崎身上。要怎么用好最后一天？怎样才能找到证据？所有人都在向他寻求走出死胡同的办法。这种殷切期盼化为一道道渴求的视线，汇集到了正崎身上。

时间差不多了，寅尾管理官站起身来。

"七月十三日的调查会议现在开始。首先请正崎检察官说一说调查方针。"

寅尾落座，正崎站起身来。

"到昨天为止……"

正崎的话音在调查员之间穿梭。

"非常遗憾，我们的调查小组没能找到斋开化一方教唆他人自杀的证据，也没发现能够逮捕、起诉斋开化的证据。"

明晃晃的事实使得房间里的空气凝重起来。

"考虑到调查进展，我们很难在今天一天的时间里找到证据。据我判断，在斋开化明天参加公开辩论时将其逮捕是不可能的。"

听闻此言，调查员们议论渐起。

正崎的话令人心生不安。寅尾难以置信地抬头看向正崎，濑黑也以同样的神情看向正崎。

"考虑到种种情况……"正崎面向全员，挺直了脊背，"从现在起，斋开化特别调查总部就此解散。"

房间里顿时鸦雀无声。

所有人都怀疑自己的耳朵出了问题，一段时间过后，他们才悟过来正崎说了什么。

"这……"最先反应过来的是年轻的巡查长音无，"这是什么意思？"

"就是字面意思。特别调查小组的调查行动到此为止。"

"你要放弃吗？都坚持到这一步了。"

正崎点点头。

"照现在这个样子，我们根本不可能逮捕、起诉斋开化。"

骚动的范围不断扩大，调查员们相继蹙起眉头。

"也就是说……"音无代替所有人开口道,"我们要让筒井白白牺牲吗?"

音无的控诉令调查总部再次陷入了沉默,所有人都在等待正崎的回应。最先留意到正崎回应的还是音无。

他骤然间缩起身子。

正崎的双眼燃起了像是能把人烧死的熊熊烈火。

"调查总部已经解散了,我不再是总部的检察官责任人。"正崎说道,没有再用发号施令的语气,"我接下来再说几句,以我个人的名义。"

他说完就从桌下拿出个纸筒,展开后贴在了白板上。困惑在调查员们中间漫延,音无也皱起了眉头。

贴在白板上的似乎是一栋建筑的楼层布局图。

对比房间尺寸可以得知,这是栋相当大的建筑,应该是哪个地方的大楼。

"这是 NHC 演播中心的示意图,明天的公开辩论就在这里的演播厅举行,斋开化也会现身。节目录制前或录制结束后……应该是录制后吧……趁他出来的时候……对了,我再强调一次,这是我的个人想法。"

正崎重新面向调查员们:

"明天,我准备在那里劫持斋开化。"

在场所有人都诧异地睁大双眼。

寅尾瞪着眼,死死地看着正崎。

"正崎检察官。"

"是。"

"劫持他人可是犯罪啊！"

"我知道。"

正崎若无其事地答道。

"我再说一次，这仅仅是我个人的想法。"正崎对着全员继续说道，"斋开化推进的痛苦解除条例是害人的恶法，如果不在这个时候废止它，还会有人接二连三地死去，我们将会迎来最坏的局面。正是出于这个原因，我们才一直调查到现在，为的就是逮捕斋开化……现在的情形已经很清楚了，我们没法通过正当途径逮捕斋开化。所以，尽管有违本心，也确实并非正大光明，可我认为，采用不正当的手段是唯一的办法了。"

"劫持……"音无愕然问道，"就你一个人？"

"应该很难吧。"正崎看向贴出来的楼层示意图，"斋开化大概也不会赤手空拳地来，要是身边跟了保镖什么的……总之，我必须想办法做点什么。"

"想办法……"

"劫持了他之后你打算怎么做。"问话的人换成了寅尾。

"到那个时候……"正崎的手在嘴边摩挲，似乎是真的陷入了思考，"先说一句，我没打算了结斋开化。我只想废除条例，并不想因此成为杀人凶手。斋开化只要暂时从公众的视线中消失就好。革命思想没有了引领者就会不堪一击。要是斋开化没了消息，那个条例大概就会自行分崩离析。再往后的事……说实在的，我还没有想过。
不过……"

正崎神色凝重地说：

"说句贪心话，我也不想为此遭到缉捕。要是有办法能让斋开化
消失一段时间，我自己也不会被捕，那最好不过了。"

寅尾闻言笑了出来。

正崎的话太过荒唐，除了笑不知如何表达。

"当然，"正崎对全体调查员说，"我已经坦白了自己的劫持计
划，大家如果当场将我逮捕，那也没什么可说的。"

"太卑鄙了啊，正崎检察官……"

调查员当中有人哼唧着说，声音里是毫不掩饰的不情不愿。

九字院讨饶一般地拿手盖住了脸：

"你有点滑头啊，要是现在不逮捕你，那我们所有人就都成了共
犯啊。"

听得此言，有几个调查员恍然醒悟过来。

好几个调查员脸上露出不怀好意的笑，他们终于明白了正崎这番
话的意思，理解了他为什么要说自己会去劫持斋开化，又为什么特意
准备了现场示意图。

正崎是在拉拢调查员。

他在问他们，要不要一起去抓斋开化。

寅尾吐出一口气，笑了。他站起身，拍着手对调查员说：

"那第一次会议就到这里，要参加第二次会议的人集合，我们去

角落里商量。"

寅尾指向房间一角，一个调查员随之站起身来，紧接着是第二个、第三个。到第七个左右时，九字院也不情不愿似的站了起来。音无像是终于理解了正崎的意思，也慌忙站起了身。调查员们一个接一个地移步。

"好像不用重新摆桌子啊。"寅尾说。

"全员到齐……"正崎惊讶地喃喃自语，"真是完全没有想到。"

"最开始听你说会起武力冲突，我就替你找了一批能对付那帮不法之徒的家伙。"寅尾带着为难的神色笑道，"真没想到，总部的检察官负责人才是最不守法的那个。"

一个调查员当先行动起来，把电视台的示意图改放到了更易看清的地方，一个调查员锁上了会议室的大门。正崎心想，真是一帮得力的助手。他由衷感谢这个团队对自己的帮助。

"濑黑，"正崎低声对事务官说，"我想请你帮我找濑黑事务次官，请他给法务省那边打个招呼，另外再找守永部长，请他也在检察厅活动活动。"

正崎秘密下达了保险指示。虽说要采取非法手段，可正崎并不甘愿事情过去之后再被逮捕问责。他自己也说了，最好是在达到目的的同时又逃脱了罪责。只要拉拢"非公开新域构想"牵涉的法务事务次官与检察厅，他全身而退的可能性就会变高。

最坏的情况下，如果因为劫持事件遭到起诉，正崎也必须先把一切责任归到自己头上。

他必须保证罪责不会追及其他调查员，本次行动只能是他一人所为，这是正崎所认为的责任，是他得以采取劫持手段的最低门槛。

"霞关那边之后就拜托你了，你用不着回调查总部了。"

"好的。"

濑黑如常应道。正崎心知，对濑黑无须交代多余的指示，只要把大方向说清楚，她就能将一切都处理得井井有条。正崎放下心来，转过身来面向调查小组。

濑黑事务官对着电脑，继续啪嗒啪嗒地敲着键盘。

"怎么了，快去啊。"

"法务事务次官与守永部长在这里就能联系到。"濑黑淡淡答道，"我是你的随行事务官，只要你还在这里，我就没道理离开。"

正崎脸色僵硬。

被看透了。

濑黑看出了自己有意将她从这次的不合法行动中撇出去。她同时也深知，这其中并不存在客观原因，只是正崎自以为是的伪善之举，因此才会说出那番话。既是如此，正崎就没有说服濑黑离开的办法了，道理在濑黑那边。正崎尴尬地皱起眉头。

"还有，"濑黑一边打字，一边淡然地说，"您要是觉得不好称呼我，可以叫我阳麻。"

正崎的眉头皱得更紧了。

仔细想想，"阳麻"这个称呼才更难叫出口。

从东京市中心的涩谷站步行十分钟，走到占地广阔的代代木公园南侧隔壁，就到了 NHC 演播中心。

一九六四年，正值播报东京奥运会盛况之际，演播中心就建在了用作奥运主场馆的国立竞技场旁边，自那之后的半个多世纪以来，它一直屹立在涩谷最核心的地段上。占地广阔的演播中心拥有超过四十个演播厅，数量居国内电视台榜首。兼具节目制作、放送功能的演播中心，可以称得上是国营电视台 NHC 的心脏。

演播中心笼罩在森严的气氛之下。

七月十四日，下午三点。

中心周边的道路上全是身穿制服的警察，路边停了许多警车，营造出戒严的态势。这一切的准备都是为了三小时后在此举办的公开辩论。

直播将在下午六点开始。在那之前，重要人物将一个接一个现身于电视台。民生党副代表柏叶晴臣，原自明党干事长野丸龙一郎，以及身处漩涡中心的重要人物，新域域长斋开化。

接下来，一应重要人物将集结于电视台，集结的时间也已公布于人前，由此很有可能发生针对这些人的犯罪或恐怖事件，必须有所戒备。

这其中又以斋开化为甚。他是凭痛苦解除条例引发混乱的元凶，招致了各个阶层的仇恨。受条例影响的人，保不准就会发动自杀式恐怖袭击什么的。设想到这样的情况，戒严的警察当中也流动着一股恐有大事发生的紧张感。

配备了大量警力的演播中心西侧，一辆白色的单厢车沿南北方向的井之头大道南下而来。

车身上装有红灯，乍看上去有点像急救车，其实是警视厅的通用运输车。这辆车后面又跟了几台黑色轿车。车流就像蚂蚁的队列一样，排得整整齐齐。

开到代代木公园的绿地尽头后，领头的单厢车打亮转向灯，向NHC演播中心开去。NHC的保安和几名警察已在入口处碰头，其中一人留意到有车过来，就挥起了指挥棒，示意停车。

领头那辆车打开了车窗，坐在驾驶座上的是寅尾管理官，副驾上坐着濑黑事务官。

寅尾对着叫停的警察打开警官证件。

"我是警视厅刑警部搜查一课的，后面六辆车都是我们的人，一共有二十六人。"

寅尾拿另一只手指了指跟在后面的车辆。那名警察看了眼证件。

"我们是来支援安保部的。"寅尾接着说，"被分到电视台里维护安全。"

"我确认一下。"

警察呼叫无线通信，那边传来应答，双方交谈了几句，他再次走到车窗边。

"确认无误。你知道停车场在哪吗？"

"知道，没问题。"

寅尾说完，关上了车窗。那名警察退开，让出了道路。单厢车驶入演播中心，跟在后面的车也依次受检过哨。确认所有车都开进来了之后，驾驶座上的寅尾看向后视镜，与坐在后排的人目光相会。

"那就按预定计划执行了。"

正崎点点头，拿过无线通信器。

正崎手边放有两部通信器，其中一部用红色胶带做了标记。正崎拿起有标记的那部凑到嘴边，安排了各个小组的停车位置。

通用运输车里放了台电视，低脚桌上备有两台笔记本电脑，两部无线通信器，三部手机。贴了窗纸的车窗内侧贴着演播中心的地图。运输车成了紧急建成的"指挥所"。

濑黑事务官在设置电脑，寅尾在车外打电话联系安保部的负责人。

打完电话，寅尾透过后座车门看向车内。

"安保部也忙得乱作一团了。"

V

"毕竟斋开化只提前了两天公开声明。"正崎边检查手机信号边回道,"他们要保护政要,可时间这么短,应该没办法准备周全吧。"

"所以负责人向我道谢呢,说有人手帮忙就很难得了。"

正崎与寅尾面色复杂地相视而笑。

以寅尾管理官为首的刑警部搜查一课特别小组,即原斋开化特别调查小组的二十四名成员,经由正式程序,参与进了本次直播的安保工作。

公开辩论一事来得过于突然,让警视厅安保部大伤脑筋。配备足够人手需要相应的准备时间,在仅仅两天时间内做到万无一失是不可能的。

趁此时机,寅尾管理官提出申请,表示愿意从刑警部抽调人手支援安保工作。寅尾原本就认识安保部的人,他的申请轻轻松松就获准通过了,顺利到不可思议的地步。正崎想,这确实是托了安保部乱作一团的福,不过更多的还是有赖于寅尾个人的声望。

就这样,特别调查小组在警视厅的正式领导下,被指派到 NHC 演播中心支援安保工作。接下来,正崎他们就要假意依照指示协助配合,顺利完成安保工作。

正崎不知道是第几十次地看起了示意图。

他们的任务很单纯。正崎将除自己与濑黑以外的二十四人分成了 AB 两组,A 组二十人,B 组四人。A 组保护斋开化的人身安全,B 组实施劫持任务。如此,斋开化就会当着 A 组人的面被人劫走。

接下来,A 组只需保持沉默即可。

斋开化平安无事地出了演播中心，坐自己的车走了。只要 A 组
照此汇报，一切事情也就到此为止。事件本身将消弭于无形。至于实
施劫持的四个人，只要剩下那二十个人统一口径，事实就会被完全掩
埋。捏造不在场证明极其简单，再说了，调查到他们头上的可能性原
本就很低。要是怀疑警界相关人士说的话，警察组织就没有立足的根
基了。

正崎他们有一个巨大的优势。

那就是，警界内部的二十四个人都是共犯。

正崎认为，要利用好这个优势，最简单的方法恰恰也是最合适的。
在所有人看来都觉得不可能的事实，就是最好的障眼法。这是正崎从
新域构想里被迫学会的，令他厌恶的道理。

不过，要顺利完成这个任务，还有一个必备条件，那就是制造"只
有斋开化和调查小组成员在场"的时机。

最合理的时机大概就是直播结束后，完成所有既定事项的斋开化
离开演播中心的瞬间。直播前劫人怎么都圆不过去，等到直播结束后
劫人，伪造出斋开化平安归家，一切都没有发生的假象才是最为理想
的情况，正崎他们做起准备来也比较容易。

"节目结束后，以防混乱，我们将避开媒体，在未引起其他无关
人士注意的情况下，把斋开化护送到车上。""届时刑警部的十几名
警察会保护他的安全。"

这样的安排稀松平常，寅尾与安保部商谈得很是顺利。这是个极
其普通的安保计划，除了安保人员暗怀阴谋这一点以外。

正崎用手指比画着示意图里的通道，同时在大脑内确认着流程。

演播中心的一二层，以及楼里楼外零星分布着好几处停车场，每一处均仅供内部使用，普通车辆无法进出。不过，从演播中心地界外边就能看到位于楼外的停车场。

正崎选定的行动地点在最隐蔽的地方。演播中心大楼呈"コ"字形，正崎把地点锁定在位于大楼接缝处的一楼室内停车场。他在停车场里找到了一个隐藏在通道与柱子背面的地点，以期尽可能隐秘地劫走斋开化。一楼的室内停车场结构奇特，视野逼仄，简直就像是和正崎串通好了似的。

"真像迷宫啊。"

正崎喃喃自语道。濑黑设置好电脑，抬起头来说：

"最近三十年来，NHC 一直在着力精简地方分支机构，与此同时增强中央总部演播中心的功能性。为配合功能强化，大楼也扩改了好几次，导致内部结构变得十分复杂。"

"这样一来，他们自己的员工不是也会迷路吗？"

"这种事时有发生。NHC 是国家指定的公共机构，根据战时法制的规定，大楼里不能设置过多标记，楼内只能放简略的导引图，标在门上的所属部门也不能写得过于详细。"

"真是太不方便了。"

嘴上这么说着，正崎心里反倒觉得天助我也。内部员工尚且摸不清楚的复杂结构，为正崎的计划开辟了死角，何况正崎又占了事先能拿到示意图的身份优势。战时法制的目的是防范恐怖袭击等紧急事件，有大事发生时，警界人员必然是出击的一方，这一法制为他们提供了应对罪犯所需的充足信息。

也就是说，如今的正崎一行人，不费吹灰之力即可拿到所需的信息。从警察的角度来看，他们已经成了最难对付的犯罪组织。

"不过，大楼结构比地图显示的还要复杂。"

正崎盯着示意图嘟囔了一句。他打开无线通信器开关，把通信器凑到嘴边。

"特别警备小组组员各自去熟悉演播中心的内部结构。为在紧急事件发生时迅速展开行动，所有人都要尽力掌握地理情况。"

正崎下达了一个就正常的警备小组而言极为正当的指令，任谁听到了都不会起疑。切断通信后，他又对寅尾一行说：

"我们最好也实地探访一下，轮着去吧。"

"这是要'看山头'啊。"寅尾用上了行话。

"什么是'看山头'？"

"山头指的是犯罪事件，看就是查看。所谓'看山头'……"寅尾翘起嘴角道，"就是去犯案现场踩点。"

正崎不由苦笑。

正崎一边对照手里的示意图，一边行走在演播厅一字排开的走廊上。

　　真的走进来才能切实感受到让人摸不着头脑的内部构造。奶油色的墙壁与天花板向前延伸，到哪都是同一副样子，没有半分变化。走廊不像棋盘上的线条那样径直交错，到处都是小弯角，阻断了前方的视野。照此看来，即使待久了的人恐怕都有可能在这里面转错弯。

　　为正确把握大楼的内部结构，正崎大费脑筋。他必须做到即便撇开示意图，依然可以毫无阻滞地下达指令。如今，他能做的也就只剩这件事了。

　　一开始，正崎本打算把自己编进B组，也就是实施劫持的那一组。

　　他想，这是最危险、风险最大的差事，当然要由行动的提议者去实行。然而在推敲计划时，以寅尾为首，几乎全体调查员都否定了正崎的这一安排。大家劝导正崎，说他身为检察官，应该坐镇指挥，在外斡旋，做与自己能力相符的工作。诚如众人所言，与人动武并非正崎的强项。按道理，一课那些好身手的警员才是实施劫持的合适人选。正崎态度坚决，不肯罢休，可最终还是被众人驳倒，与濑黑共同承担起了指挥调度的职责。

　　正崎并不是不能理解。他知道，这是最好的安排。

　　可即便如此，把风险推给了他人的罪恶感依然在正崎心间挥之不去。

　　既是如此，他至少得完美地完成自己的职责。正崎到处走走停停，确认了楼层的每一个角落。不只路线，连设备存放处，贴在墙上的海报图样等等，这些下达指令时有助于对方快速理解的地方，他都一一记在了心里。

正崎顺着演播厅的序号一路往前走，走廊上来来往往的人多了起来。NHC的职员着急忙慌地跑来跑去，其间也有像是安保部派来巡查的人。

正崎随着人流往前走，通过一段左弯右绕的S形走廊后，眼前出现一扇敞开的大门，这是录制公开辩论的C-101演播厅入口。

走进门内，一片广阔的空间在眼前铺展开来。

C-101是演播中心面积最大的演播厅。超过三百坪[1]的空间里挤满了相关人员，节目组工作人员用近似叫喊的嗓音指挥着准备工作，助理导演到处奔走着，把大件物品装到拖车上，丁零哐啷的敲打声透露出布景还在紧急制作当中的消息。虽说布景尚未完工，但在不懂行的正崎看来，现场似乎已经布置得十分完善了。斋开化发表声明后不过两天时间，电视台就准备到这个程度，专业人士果然了得，正崎想。

正崎在宽敞的演播厅里绕了一圈，与早已就位的安保部人员交谈，获取信息。除了正面的大门之外，演播厅还有紧急出口。节目结束后，为防斋开化又出其不意地闹出什么动静，正崎他们必须事先堵住其他不必要的路线，最好在节目正式开播时就安排人守好位置。

正崎边思索怎么行动，边在演播厅里四下转悠。这时，一群围在演播厅角落里，全副武装的人进入了他的视线。

佩戴耳机，身穿黑色西装的男人们聚在一起，无疑是在警备着什么，可他们看上去不像是警视厅安保部的人。被这群人围在中间的，

---

1 源于日本传统计量系统尺贯法的面积单位，主要用于计算房屋、建筑用地之面积。一坪约合3.3057平方米。

是个比他们矮了一截的男人。

与正崎视线交汇后，野丸龙一郎露出个无谓的微笑。

"你好像在谋划着什么啊。"

野丸望着演播厅的布景台低声说道。白色柱子搭起的拱门组合在一起，把大型液晶屏围在中间。

"您说了让我用自己的方法做事。"

正崎也凝望着布景台。两人并肩站着，朝向同一个方向。

"我没打算阻止你。要是对我们不利，你肯定会先知会一声。准备直播结束后动手？"

"嗯。"

"那就是多此一举了。"野丸看都没看正崎，"这场直播结束后，斋开化就蹦跶不动了，之后无论被逮捕还是被起诉，民众都不会关心分毫。"

"你说的是政治。作为检察官，作为警察，我们这样做是有意义的。再说，你们未必就不会落败。"

正崎不卑不亢地说。

野丸瞪大眼，这才第一次看向正崎。他开心似的笑了。

"说得也是。后方有人镇守，我就能放心拼杀了。"

他似嘲弄般说道，看样子完全没想过自己会输。事实上，正崎也觉得他应该不可能输。

"你们结成了牢不可破的阵营？"

"能让斋开化输得很惨的阵营。"

野丸再次盯住布景台，继续说：

"斋开化的政治基础，是我们一手给他建造的。失去了我们的支持，斋开化就只是个无依无靠的个体罢了。就算有域长头衔，他从事的无疑还是政治，而所谓政治，就是领导民众。不能服众的一方必败无疑。但凡是政治家，就绝对逃不开这道桎梏。"

野丸说的是众所周知的社会根本法则。

少数服从多数。民主主义。

在这一点上，以野丸为首的否定派占据绝对优势，斋开化与他的条例已是穷途末路。

"不过……"

野丸低语道。正崎看向他的侧脸。

"从我个人角度出发，我对斋开化的想法很感兴趣。"

"……你说的是那个条例吗？"

"当然，我并不是认同他的想法。"野丸盯着被吊车举起来的拱门道具，"斋开化弄了这么大的阵仗，究竟准备讲述些什么呢？他的想法真的可以为社会做贡献吗？他的政策值得如此正式地举国探讨吗？我被他勾起了兴趣，几乎想撇开党派立场，从一个政治家的角度出发，与斋开化一对一的对谈。"

"那你试试看不就好了？"

"我已经上了年纪咯。"野丸忽地笑了，"赤手空拳地正面对敌对我来说太恐怖了，我做不到。"

这时，正崎带在身边的无线通信器响了。几乎就在同时，附近安保人员的无线通信器也响了。正崎拿起通信器，传讯的是濑黑。

"斋开化现身了。他乘车从区政府前的十字路口开进场地，经东侧玄关的门廊驶入了楼内。"

"收到。清点一下车辆数和人数。"

"这个……"濑黑不解地说，"就他一个人。"

"什么？"

"斋开化乘坐普通出租车进了演播中心，身边无人随行，也没带保镖，一个人单枪匹马地来了。"

正崎不解地皱起眉头。留意到野丸有意询问，他开口解释道：

"就在刚刚，斋开化独身一人进了电视台。"

"啊？"野丸闻得此言，眯起眼笑了，"这副胆气，还真有国家元首的派头。"

一个巨大的圆出现在演播厅。

正红色的圆形舞台泛着光泽，白色的柱子立在周围，柱子与柱子之间安装了与地板同色的正红墙壁，墙壁中央挂着巨大的液晶显示屏。看上去颇似罗马斗兽场，似乎暗示着人类同胞将在其中展开对决。

收录演播厅全景的摄像机缓缓下降，在与视线平齐处一下子推到了站在监视器前的男女主持人近前。

"痛苦解除条例，"主持人的第一句话在安静的演播厅响起，"这一冲击性异常强大的新法发布已有十四日。然而即便过去了这么长时间，我们如今依然还处于动荡的正中央。"

两位主持人分列左右两端。

"首先，请各位观看一组数据。"

随着男主持人话音落下，巨型显示屏切换了画面，信息以字幕的形式呈现在屏幕上。

NHC 关于痛苦解除条例的舆论调查：

时间　7 月 12 日（周四）~14 日（周六）

对象　全国 16 岁以上公民，共计 8715 名

方法　电话调查（RDD）

回答　7242 人（83.1%）

"节目组以大家在屏幕上看到的方法，开展了有关该条例的舆论调查。"

女主持人站在显示屏一侧朗读节目稿。

"请看其中一项。"

显示屏画面切换，红白蓝三色直条与问题内容一同出现在屏幕上。

"我们询问了'你如何看待新域颁布的新条例'这个问题。"

主持人指向条状统计图。

"结果显示，百分之八十八的受访者表明'不支持'。"

图中几乎只看得到蓝色。

"不支持"	88%
"支持"	3%
"不好说"	9%

"与此同时，还有另一组数据。"

男主持人说完，显示屏再次切换了画面，一个数字放大出现在屏幕上。

2603 人

"这是从条例颁布到今天为止，国内自杀身亡的人数总计。"主持人面色沉痛地说，"这个数字是我国以往平均自杀人数的二点八倍。"

两名主持人再次走回到场地中央。

"明天就是选拔新域议员的域议选举投票日，选举结果将决定条例何去何从。今天的辩论是斋开化先生发起促成的，目的是为了让各派人士能在临近投票前向广大民众宣导政策。希望各位观众朋友，特别是各位新域选民，在深入了解肯定派、否定派各自见解的基础上，再于明日进行投票。"

"接下来为大家介绍出席本次公开辩论的各位代表。首先是否定派代表。"

镜头一转，切到了圆形布景台的左半边。

四张特殊的圆弧形桌子并排摆在一起，各党派代表已就座。镜头从他们脸上一一扫过，女主持人配合着镜头报出他们各自的名字。

"日本共有党委员长，仁木信雄。"

"公正党代表，岩国秋弘。"

"民生党副代表，新域域议候选人，柏叶晴臣。"

"原自明党干事长，新域域议候选人，野丸龙一郎。"

国会的执政党与第一至第三大在野党代表全都汇聚一堂。这是一群占据政界中枢的政治家，是在国家这个竞技场上存活至今的一流要员。

"接下来是肯定派……"

女主持人的声音稍稍凝滞了一瞬，她反应过来，跟在后面的不该是"各位代表"了。

镜头切换。

演播室右半边只有一张桌子，只坐了一个男人。

"无党派人士，新域域长，斋开化。"

男人梳着大背头，胳膊枕着扶手，气定神闲地坐在那里。

男人有一双刀锋般的眼睛，它不像餐刀或菜刀之类，明晃晃地对人袒露威胁。那双眼睛里栖息着薄如蝉翼的锋锐感，就像一张纸，静悄悄地安放在那里，可一旦不小心触碰到了，就会在不知不觉间割伤指头。

男人的一张脸占据了大半个直播画面。

斋开化露出自然的微笑。

正崎在通用运输车的电视上看到了这幅画面。他紧盯着斋开化映在屏幕上的那张脸，却仍看不透他在想些什么。

"设置完毕。"

濑黑汇报说。车内指挥所里只剩下正崎与濑黑两人。寅尾作为 A 组的现场指挥官，正在 C-101 演播厅里待命。

A 组的二十名成员都有各自的安保任务。包括寅尾与九字院在内的八人要作为"贴身警卫"守在斋开化身边，保护斋开化的人身安全，另有八人担任"沿途警卫"，零散分布在演播厅至停车场沿途，查看有无可疑人员，剩下四人是"车辆警卫"，在停车场看守斋开化预计乘坐的车辆。安保部已告知斋开化，"为确保安全，回程用车将由警方调配"，且已得到了斋开化的应允。正崎不会和斋开化碰面，斋开化之前已经见过他，他得尽量回避。如正崎有意解读斋开化的面部表情一样，斋开化也有可能从正崎身上得知不该知道的信息。

正崎看着贴出来的示意图，确认 A 组的行动路线。八人保护斋开化，八人保障沿途安全，四人坐进看守的车辆里。行动安排没有漏洞，应该可以百分百保障斋开化的人身安全。

斋开化将要乘坐的那辆车里配备的是 B 组成员。

之后只需照旧开车离去即可。只要斋开化不对同行人员起疑，他们就不会闹出任何动静。这个劫持计划简便又安全，无可指摘。

斋开化落座的后排与前排之间有不透明隔断，在一段时间内，他都无法看到同行者的脸。之后拘禁斋开化时，相关人员也会遮住面部。为防此事过后，调查员的人身安全受到威胁，正崎也要尽量避免让斋开化看到他们的脸。假设斋开化发力抵抗，他也挣不过四个身强体壮的调查员，再说了，这个冷静的男人也不会选择抵抗。这是正崎看来最理想的情况，说到底，他并不是想加害斋开化。

"看来这次的劫持计划无须动用武力了。"

濑黑说。正崎点点头：

"如果有保镖随行，我们多多少少要费点工夫，没想到他竟然孤身一人就来了。"

正崎预计斋开化会携保镖同行，为此思索了好几种应对方法，每种方法都避免了正面冲突，而是利用警察的权限，把斋开化与保镖隔离开来。

现在，这一切都成了无谓之举。对正崎来说，这是可喜的失算。不使用暴力自然是最好的，何况因为顶着安保的名头，己方的调查员随身佩戴了枪支。尽管不大可能会用到，可要是出了意料之外的事故，调查员们难保不会行使用枪权，正崎必须避免这种情况发生。

正崎看看时间，打开了无线通信器。

"节目已经开始了，到直播结束前，各小组成员每隔五分钟联系一次。沿途警卫联系彼此，贴身警卫联系寅尾管理官，车辆警卫那边由音无巡查部长向我汇报。"

通信器里传来各处的回应，准备工作已经就绪，接下来进入等待时间。

正崎再次看向电视，两名主持人坐在圆形演播厅的中央，公开辩论即将开始。

"节目组还将收集各位观众朋友的意见。"

男主持人开口说道。他年过四十，看上去应该是个资深主持了，即便如此他的脸上也难掩紧张之色。

"节目播放期间，大家可通过邮件、传真与我们联系。在社交网络上发言请带上节目标签。那么……"

说完开场白，主持人调整了坐姿。

"那么马上进入今天的主题，我们先听听各位对于明天域议选举争议点的痛苦解除条例有何见解。两周前，斋开化先生通过新域域长掌决的形式颁布了一则新条例。该条例无关年龄、有无疾病等一切因素，对所有自杀行为予以全面认同，在民众当中掀起了滔天巨浪。针对这一闻所未闻的法制……"

主持人看向否定派所在的方位。

"我们先请持否定态度的日本共有党代表仁木先生发表意见。"

屏幕上出现了仁木的脸。

第三大在野党，共有党的领头人。

六十五岁，当选八次的资深议员徐徐开口：

"我谨代表共有党的议员，以及正在参与域议选举的共有党候选人，陈述对于痛苦解除条例的见解。"

仁木用平静的语气说：

"这个条例不容于世。"

镜头给了斋开化一个特写，他的表情未见变化。

画面再度切回到仁木身上。

"我先不谈情感，谈谈理性方面。最重要的一个点就是社会经济。"

仁木径直盯着斋开化。

"目前，我国每年都有两万四千人自杀身亡。经测算，因此造成的 GDP 损失每年都超过了一万亿日元。一个人自杀，会造成无数经济影响。从自杀个体的角度来看，他损失了一生的收入，失去了养老金。宏观上看，国家的消费支出减少，有效需求减少，认真清算起来不胜枚举。"

仁木冷静有力地继续说着：

"再进一步看，包括自杀者的家人、配偶、孩子在内，隔代之间也会遭受损失。如果中老年人自杀，导致他们的孩子无法接受高等教育，下一代人一生可得的薪资就受到了影响。所以一个人的自杀会造成巨大的利益损失，这种损失不该被忽视。"

仁木滔滔不绝地继续往下说道：

"从理性层面上看，这个条例不容于世。它是反理性，完全无益的东西。"

画面上又一次出现了斋开化的脸，他依然没什么反应。

正崎对着指挥车里的电视反刍仁木发表的意见。仁木有意将自杀引发的种种问题聚焦在经济层面，否定派四党可能调整了铺展逻辑的顺序。

另外，仁木所说的内容也没有可供指摘的漏洞，他只是顺其自然地道出了自杀会导致损失这一人人皆知的事实。他把这一点当作最恰当的论点，这样的做法是正确的。

自杀会造成损失，这是众所周知的真理。

"那接下来……"主持人边点头边说，"有请同样反对条例实施的公正党岩国先生发表意见。"

戴着眼镜，面相柔和的男人点点头。

岩国秋弘，公正党代表。原本以宗教政党形式成立起来的公正党，自受到政教分离思潮的批判后，对外就一直以与特定宗教团体分离开来的独立政党形象开展活动，然而用不着窥伺其内即可得知，公正党与其发迹的根基依旧存在根深蒂固的联系。公正党在国会的议席数仅次于民生党，是在野党的第二大党派，其动向对国会的议长选举具有重大影响。

"共有党的仁木先生已经从社会经济层面阐述了意见……"岩国语气柔和地说，"那我就从道德、道义的层面阐述否定意见。"

"道德？"主持人说。

"首先来讲讲什么是道德。道德即'规范'，它不是法律这种外部强制的力量，而是每个人心中秉承的规则。道德是定义人与人之间关系的规则。"

岩国说得慢慢悠悠，就像是在叮咛电视机前的观众一样。正崎觉得，他说话的样子和老教师一模一样。

"举例来说，社会上存在'撒谎'的行为。假设现在有两个人，他们在社会成形之初对彼此撒了谎，那这个社会就不复社会的功能了。所以，撒谎就被视为了不道德的行径。'偷盗''杀人'也是一样，如果杀人变成正确的事，社会就会分崩离析。"

岩国用小而黑亮的眼睛盯着斋开化。

"痛苦解除条例违反了规则。"

镜头给斋开化来了个特写，他的表情依然不见半分动摇。岩国继续说道：

"如果认同自杀行为，社会上就会出现'不知道何人何时会死'的状况。如此一来，人际关系将不复存在。约定会因为自杀而作废，交易无法进行下去，以互信关系为基础的一切事物都会溃散。这就是违反了道德规范后，社会最后走向的结局。"

岩国轻轻地叹了一口气。

"作为一名维持社会运转的政治家，我无法认同该条例。"

他沉静地结束了发言，脸上露出该说的话都说了的表情。

岩国的主张同样清晰简洁。他以淡然的语气，恰如其分地道明了自杀行为属道德犯错的论点。听了这席话，大概连中老年人也能理解为什么不可以自杀了。

这时，指挥所里响起沙沙作响的杂音，例行的联络来了。

"车辆一切正常。"

停车场的音无简单地汇报了情况。紧接着，编入沿途警卫的组员也依次开始汇报，正崎依次给予应答。一次深呼吸间，警察特有的快速汇报就结束了。

"那接下来，"电视里传出主持人的声音，直播还在继续，"有请曾在域长选举中与斋开化先生有过正面交锋的民生党代表柏叶先生发表意见。"

柏叶晴臣出现在画面中。

表面上，这个男人是在域长选举中败于斋开化之手的候选人，而实际上，他只是参加了一场结局早已内定的竞选。如今，他与斋开化各自为政，没了任何内幕的遮掩，接下来就要货真价实地碰撞政治主张了。事实上，这才是他们之间的第一次较量。

柏叶不满地抱着胳膊。作为在电视上露面的政治家，他的态度绝对称不上良好。不过正崎非常清楚，这也是柏叶刻意为之的作秀。

"我想先问斋开化先生一个问题。"

柏叶依然抱着胳膊，面露不快地问：

"两个星期前，六十四人从新域政府大楼的屋顶上跳楼自杀了，这是不是你一手策划的？"

柏叶轻轻地放下胳膊。

突然，他用力地捶了下桌子。

"你明明能阻止这一切的，不是吗？！"

怒吼声响彻整间演播厅，男主持人被吓住了。镜头转向斋开化，他表情如常地听着柏叶的怒吼。

"不，这不是阻不阻止的问题。"柏叶不等斋开化回应，继续说道，"我不怕被误解，就敞开说了。站在我们和普通市民的角度来看，就算是觉得你和那六十四个人的自杀有关，那也没什么可奇怪的。"

主持人皱眉听着，"这是……什么意思呢？"

"就是斋开化先生可能主动诱导那六十四个人选择了自杀！！"

尤为响亮的怒吼从柏叶口中流泄而出。看着电视的正崎也忍不住皱起眉头，感觉柏叶强力地点中了问题的核心。

回顾当时情景，人们自然会认为斋开化与自杀事件有关。两者之间的联系深入到何种程度还无法断定，可即便如此，要说斋开化与自杀事件毫无瓜葛，这怎么都说不过去。

然而，在公开场合直接质问当事人的举动，从某种意义上来说算是一种暴行。柏叶如此出言不逊，完全可以被控为损害他人名誉。这种话不是身为公职人员的政治家仅凭臆测就能说出口的。

可柏叶却刻意说出了这番话，因为他知道，这番言论收获的效果，会远远超出给他带来的损害。

"在谈经济损失和有违道德之前，我们更应该首先关注认同自杀会孕育的罪恶！！"柏叶再次加强了语气，滔滔不绝，"我国法律明文定义了'自杀参与罪'！促使他人决意自杀属教唆自杀！帮助他人实施自杀属辅助自杀！斋开化先生有犯下这两条罪状的嫌疑！如果那个条例落地了，全体国民可能都会成为犯罪者的同谋！"

柏叶刻意把话说到了极端。

他所说的，正崎在调查过程中也曾触及过。恐怕谁都疑心斋开化有教唆自杀与辅助自杀之嫌，可归根结底，正崎他们找不出明确的证据，无法正式逮捕斋开化。

话说回来，仅仅是臆测也足够拉下斋开化的支持率了。应对选举，一个"或许"就足以成事，柏叶的目的正在于此。

"就算自杀行为本身并不违法，可不要忘了，这世上还有众多阻止人自杀的法律！我国也早已施行了《自杀对策基本法》！"柏叶再次抱起胳膊，大声呵斥道，"我坚决反对有违法理的痛苦解除条例！"

他怒气冲冲地靠回到椅背上，表示自己的发言到此为止。这副态度，落在有些人眼里是做戏，落在有些人眼里是真情流露。而不管别人怎么看，他的主张已显而易见地传达出来了。

有违法理。

这是比经济、道德更加浅显易懂的否定理由。

"接下来是最后一位否定派代表……"

主持人看向那个男人。

"有请和柏叶先生一样，都曾竞争过域长之座的原自明党干事长，野丸龙一郎先生发表意见。"

镜头聚焦到仿若岩石铸成的男人身上。

男人悠然交叠双手，动作自然地探出身子。

野丸龙一郎。

新域构想的主导人。

"人生来就忌讳死亡。"野丸以稳重的语气开始声明自己的主张，"生而为人，谁都不希望自己死亡，谁都想活得幸福，享尽天年。非但新域如此，这是整个日本，整个世界，甚至全体人类的普遍想法。"

野丸的视线落在斜下方的虚空中，像是在斟酌措辞。

"然而与此同时，日本每年有两万四千人，全世界每年有多达八十万人主动选择了死亡，这是当下不争的事实。我不认为这些选择自杀的人特殊，也不认为他们反常。我并不是完全无法理解他们'期盼死亡'的心情。也许，痛苦解除条例可以成为这一类人的救赎。"

镜头捕捉到其他党派代表，他们微微露出讶异的神情，被野丸偏向支持条例的陈述激起了反应。

"这个条例今后有可能给人类社会带来益处。不过……"他抬起头，威严的双眼凝视着斋开化，"前提是运用得当。"

野丸的口风开始转向，语调里蕴含着力量。

"人类在面对死亡时，无法保持冷静。无论是自己的死亡，还是他人的死亡，人类都无法理性地看待处理。所以能正确运用这个条例的，只能是毫无感情的人。然而，人类拥有哀悼他人之死的感情，我没有想过要抛弃这种能力。"

野丸看着斋开化，对所有正在观看节目的人说：

"痛苦解除条例起不了作用，它不是人类可以掌控的东西。"

话语振聋发聩。

论发言内容，其他三人谈的都是理性，而野丸的见解诉诸感性，显得飘忽不定。

然而不知为何，他的主张似乎有让所有人都无力辩驳的威压。

正崎脑中掠过妖魔一词。

一个操纵国家与民众的，来自永田町[1]的妖魔。

"否定派的见解全部陈述完毕……"主持人继续推进节目流程，"我觉得否定派的意见都言之有理，不过呢，这只是我的个人想法。"

正崎听出了主持人流露在外的心声。否定派的意见全是无可辩驳的应有之义，连中立的主持人都评价"言之有理"。

观众肯定也有同样的感受吧，正崎想。

"接下来……有请唯一的肯定派，新域域长斋开化。"

主持人看向斋开化。

"我们前面已经听了否定派的意见，有请斋开化先生在此基础上陈述肯定那个条例的原因，以及对否定派的反驳。"

斋开化睁开细长的眼睛。

他先以眼神回应了主持人，而后看向对面的四名否定派代表。

镜头放大了斋开化的脸。

正崎背后升起一阵寒意。这个放在政治家当中年纪尚轻的三十岁男人脸上，有种与野丸不同的，非人类的感觉。

"先从社会经济问题开始说起。"斋开化触及共有党代表仁木提出的问题，但却并没有看向仁木，"自杀会引发经济损失，这我知道。

1　永田町：日本国家中枢机构的集聚地，首相官邸、众参议院议长公邸、各政党总部均设在此处。

不过，这一现象的发生有前提条件。大家都在担心这个条例的落地会致使经济损失加剧，可是……"

斋开化对着全体否定派代表说：

"实施条例后，自杀者并不一定就会因此增多。"

"什么？"

失态出声的是仁木。其他人脸上也都浮现出讶异的神情。

斋开化继续说道：

"现行的社会对自杀持否定态度，在这样的环境下依然意图自杀的人，按理说就是陷入了'失控状态'。他们因为精神失常等种种原因丧失了冷静，不管不顾地选择了死亡。然而条例落地后，自杀就变得可控了。人们可以根据自己的状况，抛开不管不顾的念头，把死亡当成一种可选的选项。如此一来，因为一时偏激狠下心自杀的人很有可能就会减少。"

"这是诡辩！"仁木激动地叫嚷道，"若允许人自杀了，自杀者就会增多！想都不用想！"

"这种言论缺乏统计数据的支持。"斋开化轻飘飘地顶了回去，"我来举个统计案例吧。H国解除了对毒品大麻的封禁，因为他们发现，用禁令限制民众吸毒适得其反。H国的大麻实际使用率是百分之九点七，与I国百分之十六、F国百分之十三的数据相比，H国的大麻使用率明显低了许多，这是因为H国对大麻的管理政策取得了成功。"

"大麻怎么能和自杀相提并论！"

"接下来谈道德。"

斋开化明晃晃地忽略了仁木的话，显出一副仁木的主张缺乏论据，不值得自己回应的态度。

这一瞬间，观看电视的正崎感到，斋开化与仁木的"较量"已然落幕。

"道德是人类的规则，这话没错。而规则这种东西……"斋开化淡然说道，"它是会变的。"

否定派齐齐皱眉。斋开化就当没看见一样，继续说：

"制定道德、规范的是人类自己，遵循它们的也是人类自己。规则变了，人自然会顺应它的变化。道德原本就不是全人类中固定互通的事物，它会随着时代与社会的变迁而改变。古代被广大民众视作不道德之举的行为，在现代已经得到了广泛认同，而一些过去甚至都不算是问题的，如今则被奉为了不道德的行为。"

"可是……"

插话的是岩国。他非常镇定，用冷静的语气说：

"人类社会还存在像杀人、偷盗这种亘古不变的不道德行为。"

"我同意。"斋开化转向岩国，点头应是，"那么，自杀属于哪一类呢？"

他径直盯着岩国，发出了质问。

岩国接收到他的视线，一时没有作答。岩国秋弘是个理智的男人，他心里清楚，斋开化的问题并不是简简单单就能答上来的，正因于此，他想深思熟虑一番，而后给出正确的答复。

斋开化深知岩国的这一特性。

"你现在答不上来。"

斋开化在岩国出声前说道。

"固守己见十分危险。坚信自己是对的，道德也就止步于此了。对自杀的道德判断不能过度偏向某一方。这个条例能使人们直面自杀，只有到那个时候，大家才会认真思索自杀这个问题，这在道德上是完全正当的行为。"

岩国细微的两三秒犹疑被斋开化捕捉在手，被他说得哑口无言。

辩论不是善恶之争，岩国的主张也并不是被否定了。然而，要说斋开化与岩国孰胜孰败，已然十分明了了。

"再说法律。"

斋开化转向了下一个话题。

这是柏叶猛攻斋开化的论据。斋开化开始就法律与是否有违法理展开论述。

"与道德一样，法律也是会变的事物。更确切地说，比起不成文的道德，明文规定的法律变动得更加频繁。法律的修正与新法的设立，"斋开化眯起本就细长的眼睛，注视着柏叶，"说起来这还是包括各位在内的国会议员的主要工作之一，不是吗？"

"法律怎可与道德相提并论！"柏叶强势反驳道，"文化层面的问题与犯罪行为也完全是两码事！"

"目前在我国，"斋开化平静地说，"自杀并不是犯罪。"

柏叶一下子闭上嘴巴，他想大力反驳，眼下却被占了先机。斋开化刚刚说的只是单纯的事实，没有可供反驳的余地。

日本刑法中并没有认定自杀属于犯罪行为。

自杀不是犯罪。

"我们严令禁止杀人,判定杀人为重罪,不过另一方面,我们并没有判定自杀是犯罪。那我就想问各位一个问题了。"斋开化对着否定派说,"国家应该立法取缔自杀吗?"

镜头对准了否定派,一时间无人作答。野丸用打量的眼光注视着斋开化。

电视机前的正崎也不禁思考起斋开化的问题来。

国家是否应该判定自杀属于犯罪,立法取缔?

可是……

"古代曾有如此行事的国家。"斋开化继续说道,"古罗马时代,自杀者会受到惩罚,被国家剥夺所有财产和权利。然而,如果向国家提出申请,国家判定其理由正当,就会允许申请人自杀。也就是说,国家完全掌控了个人的死亡权利。"

斋开化说话的语气好似致辞一般。

比起辩论,他倒更像是在发表演讲。

"后来,基督教社会成形,出于教义规定,教会严令禁止自杀行为,此后直至近代,法律始终定义自杀为犯罪,而民众……"斋开化说,"就在国家与宗教的压制下,始终得不到自杀的自由与个人的尊严。"

"牵强附会!你的论点偏离了主题!"

柏叶叫嚷道,然而他的叫嚷就像瞎起哄的声音一样,平白响了一阵,就消失得无影无踪了。

"如此，1961年，B国历史性地修改了法律。"他继续着自己的演讲，"从定义杀人罪的法条里删除了'杀害自己'的字样。自那之后，自杀者不再受到起诉，自杀未遂者也不再被关入监狱。希望各位好好想想，这是'倒退'吗？不，不是，这是'进步'，是为让人活得有尊严，为脱离错误的时代而迈出的重要一步。"

柏叶还想辩驳，一旁的野丸伸手制止了他。野丸嗅到了当下的气氛，优势没在自己这边，眼下不宜妄言，否则可能更失民心。

"而如今，我们迎来了可以继续踏出下一步的时代，一个从'默许'自杀转向'公开认同'自杀的时代。"斋开化未受任何人影响，继续宣扬自己的主张，"痛苦解除条例是颠覆民众迄今为止的错误认知，变革社会的'市民革命'。"

斋开化的眼里已经看不到柏叶等人了，他深知这是一场公开表演，直接对着电视机前的观众倾诉起了自己的主张。

这样的蛊惑力，完全够得上煽动者的名号。

"最后……"

斋开化转过脸。

他的视线前方正是野丸。野丸神色安定地接受他的注视。

斋开化平静地开口了。

"对于野丸先生的主张……"

他微微笑了，野丸的嘴角也轻微上提。

正崎看在眼里，觉得两名政治家似乎正在新域构想这个巨大的舞台上纵情享受。

斋开化撇开观众，对着眼前的这个人开口道：

"我来谈谈该条例的运用。"

"您说，人类在面对死亡时无法保持冷静。"斋开化说，"还说，有感情的人无法正确对待痛苦解除条例。"

"法律的运用不能建立在乐观看待人生观的基础上。"野丸答道，"如果全心全意地信赖人的能力与善意，它就有落地的可能。然而，人类是受感情左右的生物，是会犯错的生物，而痛苦解除条例是绝对不可错误解读的法律。如果误读了它，并因而选择自杀，就会造成不可挽回的结局。"

"我和您的看法是一致的。"斋开化说，"该条例也是以'不让民众因为误解而自杀'为目的的法律。一个人不该在没和任何人商量的情况下无奈自杀，而是要开诚布公地与人讨论，在能得到其他人理解的情况下选择死亡。人应该有这样的自由。我要建立的就是这样一个崭新的世界。"

"你所说的讨论，依然逃不开感情的支配。"野丸镇定地说，"我认为，人类无法以冷静的态度选择死亡。"

"我相信是可以的。"斋开化为难般地微笑起来，"看来我们没法在这一点上达成共识了。"

"答案不会出在辩论桌上。"野丸交叠双手，倾身向前，"那我们就只能从现实里寻找答案了。现在，我想请斋开化先生，还有各位选民看看，斋开化先生颁布的条例在现实里孕育出了什么。"

野丸说完，对主持人点点头。主持人接过话头说：

"现在，让我们有请嘉宾上场。"

镜头调转方向，对准了布景台对面，工作人员及其他相关人员所在的演播厅入口出现在画面中。

正崎皱起眉头，没来由地感受到一股暗潮正在涌动。

一个人从入口处走了进来。

来人似乎是节目助理之类的女职员，手里牵着另一个人。

是个孩子。

在演播厅的灯光照耀下，孩子牵着大人的手走了进来。

孩子没有露脸，带着一个战队英雄面具。

是那视频里的孩子。

当然，因为遮住了脸，没人能断定他究竟是不是本人，说不定是另外一个人。不过，他穿的短袖 T 恤、短裤和脸上戴的面具，都和当时视频里的那个孩子一模一样。

"这就是他的王牌啊……"

正崎皱着脸喃喃自语。孩子被人带到圆形的布景台中央，坐在了离否定派稍近些许的位置上。四位否定派代表与斋开化中间，就这么插进了一个孤零零的年幼孩子。

正崎甚至觉得，这个戴着面具的孩子就是一场罪恶祭礼上的供品。

"一连几天的报道。大家应该也都知道了……"主持人介绍说，

"十天前，网上流传着一位匿名儿童拍摄的视频，视频大意是说，孩子的父母有意自杀，内容极具冲击性。今天，我们把这个孩子请到了演播厅。基于他本人的意愿，在此不公布他的姓名和长相。"

镜头对准了孩子。

透过面具上的空洞只能看见一片暗影，深不见底。

"自明党一直在寻找这个孩子，今天终于找到了。"野丸说，"有自杀念头的是他父亲，很遗憾，我们没能联系到他的父亲。今天，他的母亲也来到了现场。"

镜头切换到演播厅入口，对准了一位女性。孩子的母亲有些惊慌，深深地低头施了一礼。

"他的父亲……"镜头再次切换，野丸的身影放大出现在画面中，"因为事业失败，陷入经济危机，于是产生了自杀的念头，详细情形我还不了解，就不多说了。我不能简单否定孩子父亲希望自绝于世的选择，不懂当事人境遇的外人，没有资格轻飘飘地说一句死亡是愚蠢的。可是，即便如此……"

野丸看向那个孩子。

"听闻他要抛下这个孩子，抛下他的妻儿自杀，我心里唯有阻止他的念头。不管那位父亲下决断时如何冷静，如何有理，我还是要阻止他。我情感上就是想抛开一切道理阻止他。所以，这个条例在我这里不起作用。"

野丸的声音有了气势，开始释放感情。

"我愿意相信，各位市民都和我一样。我愿意相信，这个世界上有很多无法正确看待痛苦解除条例，情感上想阻止他人自杀的人。"

正崎目不转睛地盯着电视。不知何时，手下操作着电脑的濑黑也看向了电视。野丸的话带着暖意倾洒在人们心头。

野丸掌心朝向孩子后背，示意道：

"他有话想对各位市民说。"

镜头赶忙对准孩子。

孩子一动不动地坐在椅子上，演播厅里寂静无声。

数秒过后，戴着面具的孩子开口了：

"我会参加选举。"

演播厅开始有人小声议论，骚动愈演愈烈。

"域议选举的参选申请今天零点截止。"野丸接过话头，"我希望这个孩子可以成为域议候选人。"

"这……真的可以吗？"主持人惊讶得一个劲儿眨眼，开口问道。

"新域的被选举权没有年龄限制，这个孩子也可以成为议员。"

"可是，如果这孩子真的当选了，他有能力承担议员的职责吗？"

"我会从旁辅佐。我可以取消自己的参选资格。"

野丸的回答激起了嘈杂的议论声。

"他和我有同样的志向。所以，我们两个当中的哪一个当选都无所谓。我会驳回条例，阻止他的父亲自杀。只要能做到这件事，谁当议员都不重要。"

野丸转向镜头的方向，画面切换到野丸的正面视角。他直直地看着电视机前的每一个人。

"我相信，在明天的选举上，选票将汇集到这个孩子身上。请大家伸出援手共同守护，守护孩子的父亲和这个孩子……守护他们一家三口可以共同生活下去的未来。"

说着，野丸面对镜头深深地鞠了一躬。

"啪"的一声，邻座的柏叶鼓了一下掌。

柏叶没有停下来，一旁的岩国与仁木也开始鼓起了掌。片刻过后，男主持人也加入鼓掌的行列，随之而来的，是演播厅各个角落里传出的掌声。节目虽然秉持中立公正的立场，可在当下的情境下，为之鼓掌似乎成了一件被容许的事。

正崎在电视机前发出感叹。

野丸已经掌控了人心。他让自己准备的"工具"发挥出了十成的作用，如自己所料那般控制了人心。即使落选也无所谓的表述，在市民看来就意味着，他已经做好了牺牲自己的心理准备。

如此，这个孩子就成了野丸手里的一张王牌。如果选票最终汇集到反对派身上，野丸就取得了真正的胜利。至于他自己能否当选，那都是微不足道的小事。

野丸祭出了"儿童参选"的大旗。

他巧妙地激起了民众的热情。

被推至顶峰的热情，将会顺势流向条例否定派。

电视里，野丸抬起头。

他那真挚的表情，完全分辨不出是不是出自本心，看着这个政治家，正崎心生恐惧。

"看来大局已定。"

濑黑嘟囔道。如她所言，选举大势似乎已有定论。节目还没结束，接下来，无论斋开化再说些什么，应该都颠覆不了现在的局势了。

斋开化将在明天的选举上一败涂地，痛苦解除条例将失去向心力，分崩离析。

濑黑的视线从电视上挪开，转向正崎。她在等待正崎的指令。

接下来如何行事？

"计划不变，按原计划行事。"正崎答道，"斋开化失去支持并不意味着一切就到此为止了。"

濑黑点点头，再次转向笔记本电脑。正崎还有话没说出口，但濑黑已经明白了他的意图。他们要抓的人不只斋开化，还有其他。

正崎看看时间，距离直播结束只剩下十五分钟。野丸连出击的时机都算好了，节目将在观众的群情激昂中落下帷幕。斋开化不可能在剩下的时间里扭转乾坤。

正崎打开无线通信器，开始对各组下达准备行动的指令。

"不断有观众给我们发来邮件。"

主持人说道。

镜头转到了接收传真的隔间里，电话铃声响个不停，墙壁上贴满了数不清的观众意见。

V

"传真机也一直没停过，我们收到了很多声援野丸先生主张的来信……"

主持人时刻注意着保持中立的说话方式，不过他看上去似乎是在思考应该在什么样的尺度下正确传递出天平倾向野丸一方的事实。

"斋开化先生，"主持人再次转向斋开化，"一个年幼且不愿意透露姓名的孩子声称要参加竞选……对于这件事，作为选举法的制定者，斋开化先生是怎么想的呢？"

"没问题。"斋开化冷静答道，面上不见笑意，"匿名人士可以参与域议选举，也可以当选。如大家所知，参选者不受年龄限制。不过比起这些，最重要的是，大家要有正确的理念。"

"理念？"

"所谓理念，就是参选者各自陈述己见，通过投票决定人选。"

斋开化看向孩子，视线对上孩子脸上的面具。

"他想阻止因为条例产生自杀念头的父亲，而我的主张是让它得到世人的承认，哪一方更正确，这个交给市民去判断。这是选举的根本理念，也是应有的形式。不过，为了能让大家做出正确判断。"

斋开化直直地看进面具黑黢黢的洞口里。

"我认为，我们必须公开一切可供判断的素材。"

孩子的身形出现在画面中。从姿势来看，这个孩子十分紧张，他在强撑。

斋开化以平等的目光盯着年幼的孩子，开口说道：

"我听说，他是主动把视频传到网上去的。没有借助任何人的力

201

量，在他母亲不知情的情况下，自己上传了视频。"

濑黑从电脑前抬起头，看向电视，正崎也微微皱起眉头。两人萌生出一股不对劲的感觉。

正崎对斋开化刚刚所说的话并不知情，濑黑似乎也不知情。

这是他们从未听说过的全新信息。

"能做到这一点，可见他已具备了自主判断能力。所以，仅仅因为他的年龄就小看他，把他当成一个孩子来看待是失礼的，我承认自己的错误。"

否定派代表的脸出现在画面上，就连野丸面上都露出了讶异之色。

"以经济困窘为借口，是我一时糊涂，我当时以为这个孩子可能没法消化真正的事实。但是，这似乎只是我用于逃避的借口。"

演播厅充斥着动荡不安的气氛。

"太阳。"

斋开化唤出了一个名字。

"把面具拿下来吧。"

演播厅里的众人目瞪口呆。孩子颤抖着，战战兢兢地取下面具，一张泫然欲泣、皱成一团的脸出现在众人眼前，从那张脸上能看出某个人的影子。

"他是我儿子。"斋开化平静地说，"那个想依据条例实施自杀的父亲，就是我本人。"

画面上出现了野丸的特写，他的眉间挤出了深深的褶皱，似乎正在心里急速消化着这个事实。

画面切回到原来的视角，斋开化不知何时已站了起来，他提着自己的椅子，走到演播厅中央，把椅子放在了孩子正对面。

"这是一档公开节目，我知道现在这样做不合时宜。"斋开化对着主持人说，"可是无论如何，还请您容许我这样做，除了此刻，我肯定不会再有机会能和这个孩子好好聊一聊了。"

斋开化说着，在椅子上坐了下来。

圆形的演播厅中央，孩子与斋开化相对而坐。

"对，对不起。"

孩子说话了，声音飘忽不定，似乎下一刻就要变成哭声了。

"对不起。"

"太阳。"斋开化唤了一声儿子的名字，"你没有必要道歉，你没做任何需要道歉的事。"

"可是，可是……"

名叫太阳的孩子边说边啪嗒啪嗒地掉眼泪，他渐渐泣不成声，连句完整的话都说不出来，可他还是竭力想说点什么。

斋开化静静地等待着。

这幅景象过于日常了。斋开化只是在和自己的儿子聊天，这样的场面与面向全国观众公开播放的节目并不搭调。

可演播厅的所有人都没插话。

"为什么?"太阳极力组织出了两句话,"你为什么要死?"

不加掩饰的一句提问砸到斋开化跟前。

这也是所有观众的疑问。

斋开化微微思考片刻,缓缓答道:

"原因之一自然是因为你的心脏。"斋开化淡然地说,"你的心脏撑不了几年了,可是有了爸爸的心脏,你就能继续活下去。"

演播厅一片哗然,震荡感从演播厅传到了电视彼端。

正崎感觉整个日本似乎都陷在惊疑不定的情绪里。

"果然……"孩子又说不下去了。

然而斋开化摇了摇头。

"不。我不单单是为了把心脏给你才选择死亡。归根结底,心脏的事只是一个引子。说起来,我想自杀和你并没有关系。"

孩子惊讶地睁大眼睛。演播厅里的众人也是同样的反应。

"听着,太阳。"

听斋开化如此说,孩子忍住泪意,挺直了身体,准备认真听斋开化接下来要说的话。

"一开始,我想过要把自己的心脏给你,可现在的世界不允许我这样做。日本也好,世界上的其他国家也好,都不允许我这样做。他们禁止我自杀,移植我的心脏给你,可我想这样做。我当时想,要是能这样做就好了。"

斋开化看着面前的孩子，继续说道：

"明天，电视台和媒体肯定会报道我刚刚说的话，由此引发热议，这样一来，就会有很多人向你伸出援手。你能想象吗？为了治好你的心脏，很多人都会来提供帮助，有的会给你写信，有的会给你捐款。"

太阳点点头，斋开化也回以点头。

"可是，那是不行的。"斋开化说，"我把自己的心脏移植给你这件事，不能仅以一则'佳话'了结，不该用罕见、特例、美好来概括。今后的人应该对这样的事习以为常。"

斋开化一脸认真地对太阳说：

"我觉得，人可以和'死亡'相处得更好。人类这种生物有这样的能力。"

斋开化温柔地微笑了。

"太阳，你想和别人做朋友时，会说那个人的坏话，讨厌那个人吗？"

"不会。"

斋开化满意地点点头。

"我想和'死亡'做朋友，还希望大家和'死亡'的关系能够再好一些。所以，我必须展示给大家看。"

大颗大颗的泪珠从太阳眼里滚落下来。他流泪并不是理解了其中的道理，而是下意识的反应。

可是，他说不出"不要死"这种话来。

"那个时候，心脏剩下来了，就给太阳用。当然，你可以自己决定要不要用。但就算太阳不用，也不会影响我的决断。不过，好不容易有这个机会，不用就浪费了。"

太阳缓缓点头。

"啊……"

不属于两人的声音突然插了进来，发话的是主持人，他正看着工作人员递过来的稿子。

"好的，现在我们收到了数不清的邮件和传真。其中，那个……"主持人踌躇片刻，开口说道，"其中还有好几封来信说希望把自己的心脏捐献给太阳……"

听到主持人的话，斋开化点点头，从椅子上站起身来。

他站在演播厅中央，正对向镜头。

"不可以。"他说得坚决明了，"某个人的心脏救了太阳的命，我和太阳一起继续生活下去，这样的未来图景即使有可能存在，我也不会选择这条路。任何人都可以选择以自己的死亡取代另一个人的死亡，任何人都可以自由选择是否死亡。"

斋开化带着一股喜意说：

"素不相识的人可以说，我要捐献自己的心脏；当事人可以拒绝，选择自杀。现在大家亲眼所见的一切，正是未来应该具备的一面，是新时代的价值观。"

斋开化把手放到太阳肩头。

"那是带着我的心脏活下去的太阳未来生活的世界。"

他面上的神情好似一个做梦的孩子。

"混蛋！"

正崎流露出焦躁，眼下的形势和五分钟前相比变动甚大。

电视里的野丸试图反驳，脸上却露出陷在困境中苦苦挣扎的表情。

一切都是斋开化的圈套。

从那则视频上传到网上开始，斋开化恐怕就已经预测到了现在的结局。他与那个孩子之间的故事是真是假无人知晓。也许，斋开化所说的一切都是发自他的内心。可只看结果，斋开化就是巧妙地夺走了野丸等人利用那个孩子煽动起来的民众热情。他通过最后一手，漂亮地翻转了否定派多番推敲后布下的局。

这个节目过后，选举结果恐怕会发生重大变动。当然了，否定派不会如此轻易地被推翻，可选举前预测的巨大差距，诸如九十五比五这种结果，肯定不可能发生了。从现在开始，到零点之前，受斋开化感化的候选者必定会接二连三地出现。对他来说，候选者素质如何一点也不重要，只要肯定派能以多数当选即可。

总而言之，野丸与斋开化的这场选举对决，没人能看透其结果如何。如此一来，正崎劫持计划的重要性必然也随之增强了。

可形势的变化对正崎等人也造成了影响。

"妻儿……"

濑黑苦恼地嘟囔了一声。正崎拼命思索对策。

孩子与孩子母亲……斋开化的家人也来到了演播厅，那么自然而然地，三个人肯定会一起回去。正崎他们的目的是劫持斋开化，妻儿只会成为他们的阻碍。

正崎看看时间，直播就快结束了。

他下定决心，拿起无线通信器。

"贴身警卫里面抽两个人去斋开化妻儿那边，就以保障安全为由，劝他们和斋开化分两路回去。出来的两个人算作新的护卫小组，九字院警部补再加一个人过去，拜托了。"

"知道了。"通信器里传来回复。九字院出马的话，应该可以把他们骗过去。

只少了两个人不会影响整体计划。

"那个，不好意思……"电视里的主持人慌慌张张地说，打断了野丸的话，"快到节目结束时间了。"

镜头给了还留在演播厅中央的斋开化父子俩一个特写，简直就像事先制作好的影像一样。画面过于偏向斋开化了，不过正崎也理解摄像师的心理。眼前有一个戏剧效果突出的拍摄对象，摄像师自然就会把镜头对准他。

"好的，感谢各位收看今天的节目。"

主持人的话还没说完，直播就结束了。

"砰"的一声，NHC俗气的报时声响起，宣告正崎等人行动开始。

"贴身警卫小组，开始行动。"

寅尾的应答声从通信器那头传了回来。

开始进入正题。

"妻儿小组呼叫指挥车。"

通信器里进了信号，是九字院传来的消息，他以警察特有的迅捷语速传达了最为简洁的信息。

"妻儿问题已解决。完毕。"

"指挥车收到。能否保持隔离？"

"没问题。我们先出演播厅，请他们在后台休息室等待。完毕。"

"指挥收到。计划结束后另行指示。完毕。"

"妻儿小组收到。"

九字院动作很快，第一个障碍就此解决。

几分钟后，寅尾传来消息。

"已取得斋开化同意。准备开始下一步行动。我们将带他到停车场。完毕。"

"指挥车收到。"

正崎又看了一遍示意图。

多方位扩建过的建筑物内部极为错综复杂，蜿蜒曲折的走廊视野逼仄，从反恐安全的角度来看，隐患不小。反之，对实施犯罪的一方来说，这样的结构正合其意。想隐秘地带走斋开化，在没人注意的情况下实施劫持，这样的场所十分理想。

接下来，贴身警卫小组将离开演播厅，按既定路线护送斋开化进停车场。沿途警卫小组的八个人以相同间距分散警备在路线沿途。抵达停车场前，斋开化会受到第一至第八共八处警卫的监控。

"这里是沿途警卫1号。"沿途警卫小组的第一个人传来信息，"贴身警卫小组已通过。完毕。"

"指挥车收到。"

正崎挪动了贴在示意图上的标记。贴身警卫小组已经通过了第一个监控点，继续走完剩下的七个监控点，他们就会抵达位于内部人士专用停车场最深处的"犯罪现场"。

如果一切照计划进行，用不了多长时间，行动就会结束。

这本该是一次简单的犯罪。

"这里是贴身警卫小组。"

两分钟后，通过了第二个监控点的寅尾传来讯息。

"请确认情况。完毕。"

"这里是指挥车，请讲。"

"计划路线外有异常动静。完毕。"

"请说明详细情况。完毕。"

"地点在楼内北侧，小演播厅那边的走廊附近。"

正崎看向示意图。北侧的走廊不在贴身警卫小组的行进路线内，也没有配备沿途警卫小组成员。寅尾在无线通信器那头继续说：

"我仔细听了声音，听起来像爆炸声，又像开炮声，具体情形不了解。完毕。"

"指挥车收到。我会确认。"

濑黑讶异地抬起头。正崎微微陷入了沉思。他不希望更改行动计划，可如果真的发生了什么异常，他不能坐视不理。正崎做出决定后，切换了通信线路。

"这里是指挥车。沿途警卫1号和2号，你们去确认小演播厅附近的异常动静。完毕。"

1号和2号表示收到指令。派已经结束监控的监控点人员确认情况，就能把计划变动造成的影响降至最低。

"指挥车呼叫贴身警卫小组。异常动静确认完毕后请立即与我联系。继续行动。完毕。"

"贴身警卫小组收到。"

正崎切断通信，吐出一口气，调整自己的状态。一线的行动一切按计划进行，这种情况实在是少见。目前还没有出现什么重大问题。

"这里是沿途警卫5号。贴身警卫小组已通过。完毕。"

正崎把标记往前推了一步，行动进行得十分顺利。

然而，他心里隐隐感觉到不大对劲。

"小演播厅那边怎么样了呢？"

濑黑道出了令正崎产生异样的源头。

派去确认情况的两名警卫还没有回复。正崎立马发出指令。

　　"指挥车呼叫沿途警卫1号。请汇报情况。完毕。"

　　一阵静默流淌而过。

　　"指挥车呼叫沿途警卫1号。请回复。"

　　正崎与濑黑面面相觑。

　　对面没有回音。

　　正崎切换线路，再度发起呼叫。

　　"指挥车呼叫沿途警卫2号。请回复。"

　　结果还是一样，对面没有回音。

　　派去查探情况的两名沿途警卫失去了联系。

　　正崎皱着眉头，切换线路后继续呼叫。

　　"指挥车呼叫沿途警卫3号。请回复。"

　　"指挥车呼叫沿途警卫4号。请回复。"

　　"指挥车呼叫沿途警卫5号。请回复。"

　　仅余沉默在空气中漫延。一分钟前才汇报过情况的沿途警卫5号，现在也联系不上了。

　　"指挥车呼叫沿途警卫6号。"

　　正崎的声音微微绷紧。

　　"这里是沿途警卫6号。完毕。"

　　无线通信器那头传来应答声，正崎与濑黑终于吐出一口气。

　　"沿途警卫6号，请汇报现在的情况。完毕。"

　　"这里是沿途警卫6号，贴身警卫小组尚未通过。未发现异常情况。完毕。"

"指挥车收到。"

正崎切断通信，看向示意图。他联系上了6号，然而1到5号全都没了音讯。

也就是说……

贴身警卫小组通过后，沿途警卫就遇到了麻烦。

正崎悚然一惊，打开无线通信器。

"指挥车呼叫妻儿小组。请回复！"

无人应答。

九字院失去联系，正崎清楚地意识到情况有异。

有什么变故发生了。

"正崎检察官。"濑黑迅速行动起来，她把无线通信器放进西装口袋，耳机塞到耳朵里。

"我去看看。"

正崎思考了一瞬。濑黑确实是为了应对这种情形的预备人员。自己是坐镇指挥的人，不能离开指挥车，也不能打散贴身警卫小组。在确认沿途警卫异常一事上，濑黑是最合适的人选。

可他还在迷惘，不知发生了何种变故的不安阻止他对濑黑下达指令。

濑黑也完全看出了正崎没由来的犹豫。

她坚定的目光强力射进了正崎的内心深处。

正崎败下阵来，任她离开了。濑黑跳出指挥车，向楼内奔去。

巴比伦
—死亡—

　　"濑黑呼叫指挥车。"四分钟后，濑黑传来讯息，"我在6号监控点与贴身警卫小组汇合，确认寅尾管理官及下辖五人与斋开化行踪如常。"

　　"指挥车收到。"

　　"沿途确认了7、8号监控点的情形。6号监控点至停车场之间的路段未见异常，不过发生了其他问题。"

　　随后濑黑压低声音说：

　　"同行的斋开化闹着不肯走了。我在6号监控点待命，听斋开化说，如果时间继续浪费下去，他就要乘公共交通工具走了。请下达指令。完毕。"

　　正崎的大脑飞速运转着，他必须根据有限的信息作出判断。

　　是中止，还是继续？

　　沿途警卫小组断了音讯明显不对劲，一定是发生了什么变故。计划继续进行下去，恐怕还会出现意料之外的危险，中止行动或许是明智的选择。

　　可是，真的能就这么放走斋开化吗？

　　公开辩论上，野丸已经落败了，明天的选举结果如何不得而知。如果条例肯定派踊跃参选，斋开化本人也如常现身的话，或许就再也没有人能够阻止条例的实施了。

这可能是他们最后一次机会。

可是……

"指挥车，请回复。"

濑黑发起呼叫，正崎下定了决心。

"指挥车呼叫濑黑。濑黑事务官继续往回走，确认沿途警卫1至5号发生了什么情况。贴身警卫小组按原定计划往停车场走。完毕。"

正崎下达了继续行动的指令。计划随时都可以中止，就算斋开化已经坐上车了，如需中止，他们也大可以伪装成普通的接送人员，开车把斋开化送回去即可。

现在应该继续行动。

濑黑应答一声，切断了通信。接下来，正崎能做的就只有等待了。

仅剩一人的指挥车里，正崎死死地盯着标出了行动路线的示意图。6号监控点离停车场很近。虽然确实发生变故了，可主线任务还在顺利进行当中。

如果能这样走到最后一步的话……

砰！

突如其来的声音响起。

正崎下意识地转向声音发出的方向，好像有什么东西撞到了指挥车。他惊疑不定地看着车窗，然而车窗上贴了膜，根本看不到外面的情况。

砰！声音又响了一次。指挥车第二次被什么东西撞上，撞上来的不是硬物。

……是手吗？

可是，知道这辆车的……

"……喂……正崎！……"

"……九字院？"

正崎打开车门走了出来。他绕到发出声音的车尾，被眼前的情景震惊得说不出话来。

九字院伸直腿靠在车上。

他伸出去的左大腿血流不止。

"九字院！"正崎跑到九字院身边，伸手揽住他的肩膀，"怎么回事？发生了什么事？"

呼喊的同时，正崎脱下西装上衣，开始绑缚九字院大腿上的伤口。九字院的裤子上开了一个圆形的洞，那是……

"枪伤？"正崎边给他止血边问，"你被人袭击了？喂！"

正崎的询问好似呼号。他看着九字院的脸，悚然一惊。九字院面色苍白，极其憔悴，呼吸急促，意识不清。这是失血导致的症状，如果不尽快处理伤口，他就会有生命危险。

"可恶！"

正崎把九字院放平在地上，打开后备厢，立马开始准备急救。

就在这时，九字院攥住了正崎的衬衫一角。

正崎一下子被拉到他面前。

"正……崎……"

"先别说话！救命要紧！"

216

"先听我说……"

九字院阴气森森的脸看向正崎。

正崎心下不解，却还是拉低身子，把脸凑近九字院。

"正崎……"

"发生了什么，你倒是说啊！"

"这条腿是我自己打伤的……"

"什么？"

九字院从怀里拿出自己的枪给正崎看，他已经没有力气握住那把枪了。

"当时没来得及思考，但这么做是对的……不这样做，我就到不了这里了……"

正崎听不懂九字院在说些什么。

腿上中枪就走不了路了，九字院难道是精神错乱了吗？

"哎呀，根本对付不了啊……"九字院露出个凄凉的微笑，开口说，"不能和她正面对上……"

听到这句话的瞬间，一线灵光闪过。

信息在正崎的大脑里拼装成形，答案浮出水面。

指派给九字院的任务。

隔离斋开化的妻儿。

那个在电视上一闪而过的，孩子的母亲。

那个女人。

"曲世！！"正崎大叫，"是曲世吗？"

"大概是吧……"九字院气息奄奄地说，"也只能是她了……"

"九字院，还能说话吗？告诉我，曲世对你做了什么！"

九字院无力地微微一笑。

他自嘲般地开了口，像是在述说一桩蠢事：

"她就像这样……在我耳边……轻轻地说话……别的没了……"

"她好像是觉得我已经派不上用场了。"九字院喃喃自语。

正崎面色扭曲。

他听不懂九字院的话，不知道九字院究竟想表达什么。

"正崎。"

九字院用一只手攥住正崎的衬衫衣袖，抬起身体。

手上的血把衬衫染成了鲜红色。

"你别起身！"

"我得起来……我是有事要做才来这里的……无线通信器被人拿走了，我怎么也得想办法通知你，就拼了命地赶过来，还把腿打伤了。毕竟，你……是我为数不多的，珍贵的朋友啊……"

正崎扶着九字院坐起身。

九字院用力攥紧正崎的衬衫。

"快逃吧。"

"……你说什么？"

"停止一切行动，赶紧逃吧……尽快逃离这个地方……不要再想着抓人，不要再和这件事扯上关系了，那不是人类可以抗衡的对象……"

"逃……"正崎哽住了，"你在说什么？……让我赶紧逃？"

"你要明白……"九字院捏紧正崎衣角，简直都快把它扯下来了，"我和你是什么交情。"

九字院只提交情，让正崎深深感受到了他言辞当中的恳切。

连九字院这样的人都说不出任何合情合理的解释，转而打起了感情牌。他不说缘由，不讲道理，只让正崎快逃。正崎并不是不知道事态有多么反常，九字院让他快逃，不要再与这件事扯上关系，肯定都没说错。

然而理智上，正崎拒绝接受这种毫无逻辑的结论。他不知道自己应该相信什么。

九字院像是终于完成了自己的使命一般，心满意足地微笑起来。

"我可不想在那个世界看到你啊……"

"胡说什么！"正崎拨开九字院的手，伸手拿过手机，"你没流多少血，腿上中那一枪还不至于要了你的命！"

正崎喊出的是事实，并不是为了鼓励九字院振作起来。九字院的面色确实十分憔悴，可从伤口和血迹来看，他并没有伤到大血管，应该不会失血过多。只要处理得当，他的伤势就不会致命。

"你也懂的吧……都是男人……"

"啊？"

正崎惊讶地看向九字院。九字院正在微笑。

"就是那种……想要做爱……的感觉。"

"你说什么？"

"心里想着再忍一忍，再坚持一下，可身体却不听指挥，想快点，快点发泄出来……就是这种感觉……是不是想想就觉得很舒服？"

正崎脑海中淌过一股嫌恶。

"一条线横在前面，越过这条线，浪潮就会漫出来，但那是最后一道防波堤。一旦越过这条线，你就会知道，就算还没有漫出来，你也很清楚已经坚持不下去了，管不住自己了。心里明白的只有一件事，就是自己完了。就是那种感觉……"

"喂，九字院。"

正崎用最轻的声音唤了九字院一声。

仿佛如果发出的声音太大，就会弄洒杯子里的水。

"正崎，"九字院露出微笑，"该说的我都说了。"

话音落毕，九字院用最短、最快、毫不犹疑、行云流水般的漂亮动作，打穿了自己的脑袋。

"噗！"

鲜血在正崎眼前滴落。

"啊啊啊啊啊啊啊啊啊！！！"

正崎在演播中心的走廊上全力奔跑，气息急促，腿脚失灵，时而撞到人，时而撞到墙。可他依然扶着墙，逼自己一次又一次重新站好，继续拔足狂奔在 NHC 大楼里。

他边跑边不断地呼叫无线通信，然而始终无人应答。贴身警卫组没有回应，沿途警卫组没有回应，车辆警卫组没有回应，濑黑也没有回应。

正崎赶到实施劫持行动的停车场里，车还在，可本该在此待命的四名车辆小组成员却了无踪影。从时间上看，贴身警卫小组与斋开化应该已经到了停车场，可他们也同样下落不明。

团队成员一个都不在。

人都去哪了，正崎毫无头绪。

他在迷宫一般的大楼内部搜来寻去，没有放过任何一个地方。全队二十四个人，十分钟前还在这里，不可能走太远，走路能移动的距离非常有限。正崎跑上楼梯，又去上一层搜寻。十楼、十五楼……他越爬越高。

精神状态绷至极限的正崎，头脑被逼着逐渐清明。

此前收集到的情报，令人费解的信息连接到一起，虚线渐渐变成实线。

六十四人自杀。

自杀者多来自樱花大学与相模原市政府。

自杀当天的行动轨迹，散落在十六号国道两侧。

家庭餐厅林立的大道。

一条直线在正崎大脑里成形。

大学生、政府职员、住在国道附近的居民，他们白天都要去那里吃饭，都会出现在那条拥有众多餐厅的大道上，那里是他们的汇集地。

曲世就在那里。

她出没在大道上。白天，她迈着步子，走过国道某处到桥本新域政府大楼之间的几公里路途。

途中，她随意地、心血来潮地、无谓地，对偶然经过的行人进行自杀劝导。

心中的另一个自己在疯狂叫嚣着，信奉常理的正崎怎么也不愿相信这种可能性，然而超脱常理之外的事实已在正崎面前上演，有个男人以生命为代价，让正崎看到了真相。正崎心里有了决断。

他必须尽快找到队内成员。

计划必须马上中止。

否则……

耳机里传来细微的杂音。

"濑黑呼叫指挥车。"

声音有如蚊蚋，是濑黑。她压低了嗓音。

"濑黑。"正崎止住脚步。

"正崎检察官，我在潜伏。"

正崎透过她的语气揣摩着周边情形。濑黑现在应该没法大声说话，正崎也随之压低了音量。

"你在哪，告诉我地点。"

"NHC 大厅，舞台背面。"

正崎神色扭曲。他打开紧紧攥在手里的示意图。

NHC 大厅建在大楼外部，坐落在宽敞的演播中心地皮上最偏僻的角落里。正崎目前身处十七楼，无论从平面距离还是立体距离来看，两人都隔了一条对角线那么远。

"我三分钟后到。"正崎转身飞奔下楼，"情况如何，汇报一下。"

"我藏在掩体背面，二十米外有人群聚集，包括寅尾管理官在内的六名贴身警卫以及斋开化的妻子，斋开化本人不在其列。寅尾管理官他们一边听斋开化的妻子说些什么，一边在本子上记笔记。他们不知何故，脱离了行动计划，转而在那边听取斋开化妻子的发言……"

正崎脑海里浮现出濑黑描述的画面。寅尾他们在找曲世问话？那他们有没有发现女人的真实身份呢？

"那个女人是曲世。"正崎边跑边说，"多加小心，不要和她正面对上。"

"啊……"濑黑恍然大悟，"是她啊……"

"九字院死了，其他调查员也没了音信。"正崎愤恨地说，"濑黑，保护好自己。能和贴身警卫小组会合吗？"

"不，不能。"

正崎疑惑地皱起眉头。

"为什么？……"

濑黑的声音在颤抖。

"我不明白，为什么管理官他们可以那么心平气和地和她说话，为什么离她那么近？那么，那么……"蚊蚋般的声音嗫嚅着说，"那么不祥的人……"

"继续藏在那里，等我过去。"

对面无人应答。正崎纵身跃下楼梯。

"不行。"惴惴不安的声音响起，"我被发现了。"

"那你快逃！马上！"

"出口在曲世爱那边。"濑黑止住颤抖，声音里涌入一股意志，"我要和管理官他们合力逮捕曲世爱。"

"不可以！这是命令！！"

正崎用尽全力呼喊道。一切都已经脱离了常理。己方有六个身强体壮的调查员，有长于剑道，轻易就能把正崎打趴下的事务官，而对方则只有一个女人。

然而如此显而易见的优势已不再具备任何说服力。

正崎不是想逃避，曲世这个人不抓不行。

可现在，他实在是无计可施了。

"如遭反抗，我会使用武力。"

无线通信就此中断。

正崎神色扭曲，拔足狂奔。他衣服上的血迹引起了人群的骚乱，他快速穿梭着，沿走廊尽头的铁门离开了大楼。

正崎奔跑在主楼与扩建建筑之间幽暗的道路上。

他心跳如擂鼓，不安与体力负荷同时从心理与生理两个方面朝心脏施压。然而，在不安的情绪中，正崎又怀着一抹微弱的希望。

如果是濑黑出马的话，说不定……

濑黑阳麻是女性，或许并不会轻易地被曲世蛊惑，她说不定还可以漂亮地反制曲世，将其逮捕，为这桩罪大恶极的案件划上休止符。

正崎从两栋建筑之间穿过去，出现在眼前的是带有露天舞台的内部广场，广场对面可以看到四方形的 NHC 大厅建筑。

正崎凝聚起全身上下最后一点力气，继续向前奔跑。他快喘不过气了，心脏炸裂似的疼，却还是不停脚步地跑到了广场对面。

正崎盯着大厅正面的玄关。为保障今天的特别节目顺利进行，大厅已经封锁了，里面没有光亮。外围拉了锁链，不过没有安保人员。他跃过锁链，推开了玻璃门——门没上锁。

正崎穿过入口，使劲推开大门。

幽暗的大厅出现在他眼前。这是一个可容纳四千人的大型剧场，用来录制大型公开节目及举办音乐会。

"濑黑！寅尾！"

正崎大声呼喊着，穿过观众席，朝舞台的方向奔去。

无人应答。

正崎离舞台越来越近。昏暗的大厅里，舞台上的情形逐渐清晰起来，上面有几处暗影，为了看清暗影究竟是什么，正崎一口气爬到了升降台上。

暗影有六处。

六个人东一个西一个地倒在舞台上。

喘息的间隙里，正崎挤出了声音。

"喂。"

没有人回应。

"喂，喂。"

正崎在距离最近的人旁边蹲了下来。人影很壮实。

"开玩笑的吧？"

躺在地上的是寅尾管理官。

"寅尾。"

正崎摇了摇寅尾的身体。

"寅尾！！"

身体被摇动的瞬间，空气里响起"咔嗒"一声。

手枪从寅尾管理官手中滑落在地。

正崎呆愣愣地环视四周，适应了昏暗光线的眼睛让他看到了噩梦般的一幕。

六个人。

六把手枪。

六团血迹。

正崎的眼睛捕捉到了另一个东西，一个小小的长方形物品。

警察证件本。

他霎时醒转过来。三分钟前的无线通信里，濑黑说过，寅尾他们在记曲世的言论。

正崎跑过去，像是同人争抢一般捡起证件本。他的视线集聚到翻开的那一页上，页面上潦草地写着几行字。

正崎难看地拧起脸。

那是寅尾的"遗书"。

"啊——"

V

正崎丢开证件本，站起身来。还没，事情还没完。这里只有六个人，还有一个，应该还有一个人，濑黑呢！

正崎捡起掉在血泊里的手枪，径直奔进舞台背面。他没用过枪，可现在必须把枪带上，因为对方是一个货真价实的，罪大恶极的杀人魔。

"濑黑！"

正崎边喊边在舞台背面穿行。通信切断还不到三分钟，人应该还在，一定还在！

这时，一团冰冷的空气拂过正崎脸颊。这里的空气是流通的，是来自外部的空气的触感。正崎看向风吹来的方向。

大厅的舞台背面亮着一团绿光，是紧急出口的指示灯。

指示灯下的铁门发出"吱"的一声。

通往外边的大门开着。

正崎端起枪，往那边跑去。他穿过出口处的门，跑到了大厅外面。

夜色已经漫延开了。

大厅背面直接连着货运通道，然而这条路上没有车，也没有人的行迹。

一个人也没有，什么都没有。

正崎只看到一个东西。

地上躺着一只女人穿的乐福鞋。

正崎能做的，唯有大声呼喊杀人魔的名字。

BABYLON **VI**

警视厅审讯室里，男人正在接受问询。男人穿着一件 T 恤，外面披一件脏污的西装外套，神情恍惚地盯着桌面，眼眸半垂，嘴巴无力地张着——正崎整个人都憔悴了。

　　NHC 演播中心的那场噩梦已经过去了整整一天。

　　濑黑消失后，正崎立刻报警寻求支援，由于现场原本就配备了安保部警员，警力很快就到了。抵达现场的警察们亲眼看见了一副异常凄惨的景象。

　　警察在 NHC 大厅发现了六具尸体，在 NHC 办公楼的卫生间、仓库、屋顶各处发现了十八具尸体。

　　共计二十四具。

　　所有人都是一枪爆头自杀。

　　抵达现场的警察先忙着处理了尸体。二十四人同时自杀，还都是配枪警员，问题十分严重，众多人手都被分派过来处理此事。

　　然而事情并不仅仅是处理尸体那么简单。濑黑阳麻事务官突然从现场消失了，从她消失之前的迹象来看，显然是被曲世劫走了。

想安全带回被劫持人，最重要的就是初步行动。正崎对赶过来的警察道出了全部实情，请他们紧急配备人手，逼出曲世。

可他的希望落空了。

正崎说的话太过主观，根本无法令警察信服。

"一个叫曲世爱的女人杀害了二十四名警察，劫持了检察事务官后逃走了。"

这种话实在是过于荒唐无稽，没有谁会在听了这话以后点头应是。正崎手里没有能让警察相信他的证据。为了执行劫持斋开化的绝密任务，寅尾也没向其他部门透露任何不必要的信息，结果反倒弄巧成拙了。

另外，被发现的二十四具尸体也使案情更加偏离正崎的描述。一枪爆头的调查员们全在自己的证件本上留下了"遗书"，每个人的遗书都只有一两行，内容简洁飘忽。现场情况与证据全都显示，遗书是他们本人写的。

无论怎么看，这二十四个人都只能判定为自杀，并且这也是事实。曲世是个杀人魔，她用变戏法一样的方式杀死了所有人，正崎的这种认知太不现实了。

可即便如此，为了说动警视厅的负责人，正崎还是拼尽全力，费尽了口舌。他求对方派人紧急搜寻东京都全境，找回濑黑事务官。他声嘶力竭的样子近似半癫狂的状态，这反倒无法改变负责人的态度。

现在的正崎不仅仅是东京地方检察厅特搜部的检察官，他"集体自杀事件幸存者"的身份已经盖过了检察官的头衔。

除自己以外，所属调查小组的其他成员尽数死亡，这样的境况足以令现场刑警判定"正崎的精神状态不正常"。问询选在审讯室，而非其他普通房间，也如实地反映了刑警的态度。

最后，由于始终拿不出能够证明濑黑事务官确实被人绑架的明确证据，警察只把濑黑判定为失踪人士，以此展开搜寻，行动上莫说紧急部署了，连搜索被拐卖儿童的层次都没够上。过于迟缓的初步行动给了曲世充足的逃跑时间。

可如今的正崎什么都做不了了。

审讯室的门打开，负责讯问正崎的中年刑警走了回来。刑警坐到对面的椅子上，叹出一口气。

"结果出来了。"

正崎抬起疲惫至极的脸，很快就明白了对方说的是什么。

新域域议选举。

正崎微微掀起沉重的眼皮。距离 NHC 的那档特别节目已经过去了一天多的时间，如果第二天的投票是即时开票，那这会儿确实也该出结果了。

"开票率百分之百，结果定了。"

中年刑警神色复杂地继续说着，正崎用半开的眼睛看着刑警。

"中立派只拿到了四个议席，这一派几乎是没戏了。"

这个结果在正崎的意料之中。肯定派与否定派之争如此激烈，中立派基本上就没什么存在感，重要的是剩余议席的占比。

新域域议议席数，一百。

除去中立派所占议席，剩余议席数九十六。

议席过半数是四十九。

"痛苦解除条例，"中年刑警再次叹出一口气，开口道，"肯定派四十八人，否定派四十八人。"

走出警视厅时，天还没亮，皇宫昏暗的护城河倒映着远方高楼的灯光，波光粼粼。正崎心不在焉地走在通往特搜部的短途中，空洞的眼里没映出任何东西。

时隔数日，他再次回到了东京地方检察厅。凌晨三点的特搜部一片寂静。这个时间，就是留守的人也都在轮换着休息。

正崎走进办公室，打开灯。

办公室里空无一人。

房间里的景象撞进正崎放空的眼睛里。那边是随行事务官用的桌子，濑黑阳麻把桌子整理得井井有条。

正崎看着桌子，仿佛感觉已不会有人再回来收拾整理了。

数不尽的悔恨在他脑海里打转，错综复杂的感情缠上了他。

为什么不行？

到底弄错了什么？

正崎一次又一次地拷问着自己。他不认为自己做出的决断是错的，也不认为计划欠妥。正崎、濑黑、九字院、寅尾，调查小组全体成员都确信他们的行动计划已经臻至尽善尽美的程度了，可最后的结果却是这个样子。

调查员走了。

寅尾管理官走了。

九字院走了。

濑黑走了。

只剩正崎孤身一人。

正崎已无能为力。

死去的友人留下的一番话在他脑海里回荡。

"不要再想着抓人，不要再和这件事扯上关系了，那不是人类可以抗衡的对象。"

正崎的脸扭曲了。是这样吗？真的是这样吗？九字院付出了生命的代价，才有机会把那些话说出来，正崎不能不当回事。不要和曲世扯上关系——这是他全心信赖的朋友临死前留下的遗言。

正崎用力挥着胳膊，在事务官的桌面上横扫一通。

文件盒飞了起来，猛撞上书架后掉落在地，文具和纸张四散开来。收拾得井井有条的桌子一下子变得杂乱不堪。

不，还没到最后。

正崎的眼里再次亮起火光。他必须把濑黑带回来，唯有这件事绝对不能放弃。九字院的遗言，是否还要继续追查曲世，这一切都等找回濑黑后再做打算。他现在不能就此止步，不能停止思考。

正崎看向时钟，距离濑黑被劫已经过去了三十个小时。寻常的绑架拐卖案里，最开始的二十四小时对受害者的生存概率会有很大程度的影响。

可是，如果曲世有意杀害濑黑，她大可以像对待其他六名警察那样，当场迫使濑黑自戕，没必要特意把人带走。

这么看来，曲世劫走濑黑必定有所企图。既是如此，她一时间应该还不会杀她。

濑黑很有可能还活着。

正崎坐到自己的办公桌边，按下了开机键。警察的搜寻还不够正式，现在，有些事只能靠了解事情真相的自己去做。电脑屏幕亮了，正崎打开浏览器，准备调出地图，这时，手机响了。

他拿出手机，上面提示收到了新邮件。发件人的名字跃入正崎眼中。

"濑黑阳麻。"

正崎瞪大眼，打开了邮件。

邮件没有标题，没有日语文字，也没有附件，内容只有一行。

那是一个网址。

正崎没有直接打开网址，他赶忙把网址输进了电脑里，一方面是为了防范病毒，另一方面是因为网址里的一些字符让他觉得眼熟，英文"stream"。

浏览器显示出了页面。

是一个直播网站。

出现在屏幕上的是被广告和几个菜单栏装点起来的个人直播界

面，界面中央有一个漆黑的四方形边框，左下角的白色字体显示"1人正在观看""浏览总数1"。

突然，画面变成了灰色。颗粒感满满的一片灰色看起来就像是水泥的表面，与此同时，微微嘈杂的背景音从中传了出来。

沙沙声响起，画面晃动几下，变换了视角。

一张脸放大出现在屏幕上。

正崎瞪大眼睛。

"好了？"

画面里的女人说道。女人往后退开，露出半弯着腰的上半身。她面向镜头，看着拿在一只手上的手机。

"观看中……"

女人一脸笑意地对着镜头挥了挥手。

"正崎先生。"

正崎捏住了液晶显示屏。

"曲世！！！"

他对着屏幕大叫，叫声却传不到对方的耳朵里。这是单向直播网站，对面的人听不到正崎的声音。

一束光从画面上方照下来，看背景似乎是在室内，不过光线很暗，没照出周围的墙面，看来那个地方很宽阔。黄色的灯光下，女人看向画面另一头的正崎。

这是曲世爱的直播视频。

现在，就是这个时间点，曲世正在某处进行直播。

"能听到吗？正崎先生？"

曲世歪了歪头。正崎不能和她互动，她只是在自言自语而已。一片混乱中，正崎拼命转动着大脑：能通过直播找到她的藏身之处吗？就用技术手段，要联系 DF 室的三户荷，可现在是凌晨三点，那就先联系警视厅。

"正崎先生啊。"

曲世的呼唤止住了正崎。正崎的行动和思绪受阻，被曲世的声音拉回到画面前。

曲世坐直身体，对着镜头微笑。

"勇者的故事，您还记得吗……"她开始了一个人的讲述，"就是那个即便没有任何民众帮忙，没有任何人理解，依旧还要独身一人拯救世界的勇者……我说过，我想成为这样的人，对这样的人心怀憧憬。我认为，这是非常崇高、高尚的行为。可是呢，正崎先生……有些事比它还要美好，你知道是什么吗？"

女人开心地微笑着。

"就是被人理解。"

这个女人的笑，是引诱世上所有人类的恶魔的微笑。

"就是勇者的梦想、心情，能得到民众的理解。所有人都理解他、帮助他，大家一起拯救世界。这样的图景要是成真了，那不就是最美好的事吗？"

曲世依然微笑着面对镜头。

两秒、三秒，一阵无言。

"我呢……"

女人的声音再度传了出来。

透过扩音器传出来的声音，就像在耳边窃窃私语一样。

"我希望被理解……被正崎先生理解。"

她走到镜头近前，伸手拿起镜头。画面开始晃动，镜头似乎被放到了比先前更高的位置上，画面变成了从斜上方往下俯瞰的视角，先前几乎看不清的室内场景渐渐显现了出来。

正崎震惊到失语。

画面里可以看到水泥地面和微微露出些许的水泥柱子，看起来像是某地的仓库。仓库中央是一个金属质地的大桌子，桌台下有六个轮胎。不锈钢质地的桌面折射出黄色的灯光。

桌上躺着一个只穿着内衣的女人。

穿着黑色内衣裤的女人躺在宽大的金属桌面上，胳膊和腿没有伸直，与身体轴线呈十五度左右的角度。女人就以这样的姿势被人绑在桌上，手腕、脚腕、双肩、大腿根都被皮带一样的东西紧紧固定住，嘴巴也被胶带封住了，眼罩几乎盖住了整张脸。

然而即便如此，这人是谁也显而易见。

"濑黑。"

正崎茫然地低喃道。

濑黑阳麻事务官被人脱去衣物，绑在了金属桌上。

正崎死死地盯着画面，竭力确认濑黑眼下的状态。视频画面可以捕捉到人的动作。濑黑的手脚有细微动作，看来是在尝试挣脱，可她被绑得太紧了,几乎动弹不得。她的嘴巴被胶带封住,不能发出的声音。镜头那个位置能捕捉到的,只有金属台面嘎嗒嘎嗒晃动的微弱声音。

正崎拼命从画面里收集信息。

然后,他留意到了一个地方。

"……那是什么?"

他的嘴边不由自主地逸出一句低喃,是看到了大脑无法理解的东西时下意识流露的反应。

濑黑的皮肤上画着什么东西。

是黑色的印记,不知道是通过黑色水笔还是其他什么手段直接画在了她的皮肤上。那不是字,要比字简单。正崎看清了那个东西。尽管镜头与濑黑之间有一定距离,他仔细看过去,还是看出了印记的样子。然而,正崎看清了印记,却看不懂印记的含义。

······························

画在濑黑身上的,是虚线。

"什么意思……"

虚线在濑黑皮肤上,绕过她的左肘、右肘、左膝、右膝,还有脖子。

共计五处。

正崎渐渐明白过来了。

"不。"

正崎低喃道。

没人听到他的声音。

画面里出现了一个人，是曲世，她手里拿着什么东西。

正崎知道她拿的是什么，也知道她是在哪里买的。

曲世走到金属桌边，回转过身，抬头看向俯瞰着房间的镜头。

"正崎先生。"她对着稍远处的镜头呼唤道，"你看这个！"

她开心地举起手里的东西给正崎看。

"知道我要做什么吗？"

"曲世！！！"正崎目眦尽裂，对着屏幕大喊，"住手！曲世！曲世！！！"

"正崎先生，我和你，其实也没那么大差别哦……"

正崎的呼喊声无法传达过去。曲世淡然地说着话，一边微微变换位置，站到了濑黑的左侧，面前是濑黑细白的左臂。

"我现在要做的，是一件很坏很坏的事，你应该也是这么想的吧……这是坏事，所以正崎先生，你肯定会叫我住手的吧，因为这是坏事呀。善良的正崎先生看到不对的、不好的事，就会出声叫停。我知道，我这样做是不对的。你看，我们想的完全一样呢。"

"住手！！！你给我住手！！！"

正崎近乎癫狂地大叫。可无论他怎么喊，声音也不会传到曲世那边分毫。

"这样做是不对的，非常不好，特别特别的罪恶。"

曲世从桌边退开几十厘米，与濑黑隔开了一点距离。

"所以，我和正崎先生的不同之处只有一点。"

VI

曲世举起手里的东西。

"曲世——"

"我，是个坏人。"

————————————

"啊——"

正崎的惊叫响彻整间办公室。

画面里，金属桌板又一次嘎哒嘎哒地晃动起来。

"我觉得，我们的不同之处真的只有这一个地方。"

曲世转着圈地变换位置。

"正崎先生，喜欢狗的人和喜欢猫的人一定不能相容吗？不，没有这回事。喜欢狗的人，如果深入认识、了解了猫，就一定会感受到猫的魅力，懂得猫的价值。你知道吗？我们也一样。喜欢善事的人和喜欢坏事的人就只有这一个区别而已，只有唯一的一个区别……所以啊，正崎先生。"

曲世抬头看向镜头。

"你好好想想？"

曲世意有所指。

正崎却不懂，也无法理解曲世说的话。

"x-i-ang，想。"

"好好想想哦。"

————————————

"啊——曲世！曲世！！"

桌板晃动了一下。

"我在做什么……为什么要这么做……希望正崎先生可以好好想想，然后理解我。不要觉得坏人就是要做这种事，不要觉得这种事没有意义，正直的人怎么都无法理解。坏事也有意义，罪恶也是有意义的。"

曲世换了位置。

"不过啊……我觉得，要让正崎先生立马理解我，一定太过强求你了……因为正崎先生是在善良的社会，善良的人和事当中成长起来的彻头彻尾的好人。正崎先生从来没产生过罪恶的念头吧？完全不懂什么是罪恶吧？所以今天，就请你试着思考一下，请你第一次认真地直面罪恶，我也会尽全力帮助你……正崎先生，你看，就是这个，这就是罪恶。"

————————————

"住手！！！求你了！！！给我住手！！！曲世——"

正崎哭了，脸上涕泪横流。

"为什么杀人是坏事呢？"

曲世换了位置。

"为什么救人是好事呢？杀害孩子比杀害成人更加罪恶，这是为什么呢？为什么？正崎先生，好好想想哦。坏是什么？罪恶是什么？"

————————————

桌板不再晃动。

"会的……我会想的……"

正崎号啕痛哭，整个人像是倚靠在屏幕上。

"够了……住手……"

"没问题的！"

曲世面向镜头，神色柔和地露出微笑。

"你一定会懂的。这个世界上根本不存在所谓的无法理解。说到底，我们都是人类啊！"

曲世换到了最后一个位置上。

正崎从喉间挤出几个气音。

他在祈求曲世爱停手。

"正崎先生。"曲世回应道，"你会懂的，一定，一定会懂的！"

曲世爱抢下斧头。

第五条虚线变成了实线。

正崎善的正义，已被罪恶吞噬。

（未完待续）

243

本故事纯属虚构，与现实中的人物、团体一概无关。

图书在版编目（ＣＩＰ）数据

巴比伦 . Ⅱ , 死亡 / (日) 野崎惑著；王星星译
. -- 北京：台海出版社 , 2021.4
　　ISBN 978-7-5168-2670-6

　Ⅰ . ①巴… Ⅱ . ①野… ②王… Ⅲ . ①推理小说 - 日
本 - 现代 Ⅳ . ① I313.45

中国版本图书馆 CIP 数据核字 (2021) 第 041165 号

版权合同登记号　图字：01-2020-7736

巴比伦Ⅱ 死亡

著　者：[日]野崎惑		译　者：王星星

出 版 人：蔡　旭　　　　　　　　封面设计：**MF**
责任编辑：王　萍

出版发行：台海出版社
地　　址：北京市东城区景山东街 20 号　　邮政编码：100009
电　　话：010-64041652（发行、邮购）
传　　真：010-84045799（总编室）
网　　址：www.taimeng.org.cn/thcbs/default.htm
E - mail：thcbs@126.com

经　　销：全国各地新华书店
印　　刷：北京盛通印刷股份有限公司
本书如有破损、缺页、装订错误，请与本社联系调换

开　　本：880 毫米 ×1230 毫米　　　　1/32
字　　数：180 千字　　　　　　　　印　张：8
版　　次：2021 年 4 月第 1 版　　　　印　次：2021 年 4 月第 1 次印刷
书　　号：ISBN 978-7-5168-2670-6

定　　价：42.00 元